LE SATELLITE ANTI-SOLAIRE

DANS LA MÊME SÉRIE

1. *Opération* Astrée
2. *La Terre a peur*
3. *La Milice des mutants*
4. *Bases sur Vénus*
5. *Les vainqueurs de Véga*
6. *La forteresse des Six Lunes*
7. *La quête cosmique*
8. *Les glaces de Gol*
9. *Le traître de Tuglan*
10. *Le Maître des mutants*
11. *Le piège à pirates*
12. *L'empereur de New York*
13. *L'étoile en exil*
14. *Mutants en mission*
15. *L'offensive d'oubli*
16. *A l'assaut d'Arkonis*
17. *La menace des Moofs*
18. *La planète piégée*
19. *Les méduses de Moofar*
20. *Les grottes de Gom*
21. *La bataille de Bételgeuse*
22. *L'amiral d'Arkonis*
23. *Le sérum de survie*
24. *Le spectre du surmutant*
25. *Les exilés d'Elgir*
26. *L'invasion des Invisibles*
27. *Le poids du passé*
28. *La citadelle cachée*
29. *Les traquenards du temps*
30. *Délos a disparu*
31. *L'agonie d'Atlantis*
32. *La moisson de Myrtha VII*
33. *Les soleils de Siamed*
34. *L'errant de l'éternité*
35. *La revanche du Régent*
36. *Recrues pour le Régent*
37. *Le prix du pouvoir*
38. *La déroute des Droufs*
39. *Rhodan renie Rhodan*
40. *L'immortel et les Invisibles*
41. *Les Métamorphes de Moluk*
42. *L'arche des aïeux*
43. *Alerte aux Antis*
44. *Le caboteur cosmique*
45. *La flotte fantôme*
46. *Le barrage bleu*
47. *Le désert des décharnés*
48. *Opération « Okal »*
49. *L'homme aux deux visages*
50. *Les dieux oubliés*
51. *L'aventure akonide*
52. *Mannes éphémères*
53. *Complots arkonides*
54. *Opération dernière chance*
55. *Rencontres extragalactiques*
56. *La mort de Mécanica*
57. *Le captif du futur*
58. *La bataille de Panotol*
59. *Les astres noirs*
60. *Médiation protoplasmique*
61. *Opération surprise*
62. *Prisonnier du plasma*
63. *Le Monde-aux-Cent-Soleils*
64. *Le planétoïde hanté*
65. *Le combat des cent-soleils*
66. *Menaces sur les mutants*
67. *Le mirage de la montagne chantante*
68. *La valeur de la vie*

145. *Les partisans du Grand Nuage*
146. *Assaut sur Danger-I*
147. *Dans les grottes des Gurrads*
148. *Missions magellaniques*
149. *Le réveil d'un Titan*
150. *Transgressions temporelles*
151. *Dérive intergalactique*
152. *Poison pour une planète*
153. *Le sosie du Stellarque*
154. *De Néréide à Neptune*
155. *Offensive sur* Old Man
156. *Cités spatiales skovars*
157. *Le commandeur des oubliés*
158. *Holocauste halutien*
159. *Les labyrinthes de M 87*
160. *L'enlèvement de l'élu*
161. *La caste des chercheurs*
162. *Les insurgés du* Krest IV
163. *Projet paladin*
164. *Le repaire des Symbiotes*
165. *Uchronies akonides*
166. *Le karma de Khan*
167. *Les pirates de Parjar*
168. *Les cercueils de cristal*
169. *Les léviathans de Léthara*
170. *Le piège des Pelewons*
171. *Les Constructeurs du Centre*
172. *Le gouffre entre les galaxies*
173. *Traîtres en série*
174. *Le gardien de l'Intouchable*
175. *Le spectre du Sepulveda*
176. *Le secret de la pyramide*
177. *Sur les traces du passé*
178. *Le legs des Lémuriens*
179. *Odyssée pour des nefs perdues*
180. *Le poids des Invisibles*
181. *Pont entre les nuages*
182. *La base des Baramos*
183. *Les œufs de Baykalob*
184. *Les spectres verts*
185. *Des Bestians aux Ulebs*
186. *La tanière hors du temps*
187. *Ténèbres sur la Terre*
188. *L'humanité au crépuscule*
189. *La voie transtemporelle*
190. *L'ombre de Corello*
191. *Défi à l'antimatière*
192. *Mutants sans avenir*
193. *Les chronoclastes de Copernic*
194. *Le satellite anti-solaire*

K.-H. SCHEER
et CLARK DARLTON

LE SATELLITE ANTI-SOLAIRE

PERRY RHODAN — 194

Fleuve Noir

Titres originaux :
GEFAHR VON SOL de H.G. Ewers
DIE SONNENFORSCHER de H.G. Ewers

Série dirigée
par Jean-Michel Archaimbault

Traduit et adapté de l'allemand
par José Gérard

ISBN : 2-265-07853-0

INTRODUCTION AU CYCLE 7 « LES CAPPINS »

Près de mille ans ont passé depuis les dramatiques événements dont le point culminant, la destruction des Ulebs du Petit Nuage de Magellan, a marqué un terme définitif à la menace que faisaient peser sur les Terraniens la Première Puissance Fréquentielle et ses vassaux (voir en Annexe le *Résumé des Six Cycles Précédents*). Sur Sol III et tous les autres mondes de l'ex-Empire Solaire, les calendriers indiquent la fin septembre de l'année 3431 après Jésus-Christ.

Entre-temps, l'Humanité a cessé d'exister en tant qu'unité. La plupart des planètes coloniales se sont détachées de l'Empire de Sol et, au plus profond de l'espace, des descendants d'émigrés terraniens de la première heure ont bâti des royaumes stellaires aussi neufs et impulsifs qu'autarciques. Trois importants blocs politiques distincts se sont ainsi constitués à l'intérieur de la Voie Lactée : la *Coalition de Carsual*, l'*Impérium de Dabrifa* et l'*Union Central-Galactique*. À côté de ce triptyque appelé les Puissances Alliées, quantité d'associations ou de groupements d'intérêts plus spécifiques sont nés : les Prospecteurs Cosmiques, les Pirates de Tipa Riordan, les mystérieux Scientifiques…

Sol III, la planète-mère, s'est avérée incapable de

contrôler plus longtemps les 5 813 systèmes stellaires peuplés par les hommes, ni d'exercer son rôle politique majeur pour le bien de l'Humanité galactique. Le danger de voir un jour les jeunes empires mettre en commun leurs forces pour passer à l'offensive contre la Terre a pourtant été anticipé depuis cinq ou six siècles : assisté par les meilleurs experts et spécialistes en tous domaines, Perry Rhodan, systématiquement plébiscité Stellarque de Sol à chaque élection au suffrage universel, a de longue date prévu une issue à la situation de crise qui, tôt ou tard, doit inévitablement découler de l'expansion humaine considérable à travers la Voie Lactée. Son but, primordial et éternel : éviter à tout prix que des hommes se battent contre d'autres hommes, qu'une monstrueuse guerre fratricide embrase la Galaxie et répande des flots de sang.

Fin octobre 3430, alors que les Puissances Alliées s'apprêtaient à porter le coup de grâce à l'Empire Solaire vacillant, le *Projet Laurin* – l'entreprise la plus hardie de toute l'Histoire de l'Humanité – a été lancé suite à l'alerte donnée par Atlan, le Lord-Amiral de l'Organisation des Mondes Unis (O.M.U.), dont les agents veillent sans cesse dans les coulisses de la scène galactique. Pour tout observateur extérieur, Sol et ses planètes ont alors disparu dans un déchaînement énergétique d'Apocalypse, de sorte que les assaillants n'ont plus rencontré que le vide. En réalité, le Système Solaire a été englobé par un écran temporel géant et décalé de cinq minutes vers le futur, uniquement relié au présent par le fantastique canal du chronosas…

Perry Rhodan est désormais contraint d'opérer dans la discrétion absolue. C'est donc *incognito* qu'il intervient sur Sapa, colonisée par des Terraniens près de mille ans plus tôt mais retombée à l'ère pré-astronautique à cause d'un conflit nucléaire, pour éviter l'annexion de ce monde par l'Imperator Dabrifa. De retour sur Terre, il n'aura guère le loisir de s'intéresser d'un peu plus près à Lord Zi-Èvuss, le Néandertalien vieux de deux cent mille ans conservé en stase hyperénergétique dans une station subocéanique d'origine inconnue, sous la fosse des Îles Tonga...

En novembre 3431 est mise en service la formidable Route des Conteneurs qui, à travers le chronosas, assurera désormais tous les échanges commerciaux entre le Système Solaire et l'extérieur – plus précisément via la planète Olympe, le monde central des Libres-Marchands devenu plaque tournante galactique grâce à son complexe de transmetteurs ogivaux géants. Anson Argyris, l'empereur des Libres-Navigants, n'est autre qu'un robot ultra-perfectionné de la série Vario-500 et il opère sous d'innombrables masques. De quoi abuser, voire même embobiner les agents envoyés par Dabrifa puis l'Imperator en personne qui, par tous les moyens, tente de découvrir ce qui se trame par ici ! Garder le secret sur le *Système Fantôme* et la « survivance » de Sol relèvera souvent du tour de force le plus machiavélique et motivera parfois de tortueuses opérations de contre-espionnage.

En février 3432, un navire des Pirates que dirige la très vieille Tipa Riordan, porteuse d'un activateur cellulaire et sympathisante acharnée de Perry Rhodan, a été détruit par des inconnus qui utilisent une arme psychique. Et un officier de l'Astromarine Solaire, désertant sous influence hypnosuggestive, a été intercepté par la Lady-Pirate alors qu'il s'apprêtait à révéler l'énigme du Système Fantôme. En route vers une base de l'O.M.U. où le « traître » pourra être interrogé, Tipa Riordan, Atlan et Alaska Saedelaere,

« l'homme au masque », sont contraints à se poser sur une planète glacée sous la menace d'un vaisseau mystérieux qui disparaît dès l'arrivée des renforts commandés par Galbraith Deighton. Le déserteur sera éliminé par un processus dont l'essence fait frémir : hormis ses facultés suggestives, Ribald Corello, le nouveau péril qui menace la Galaxie, serait aussi un transmetteur fictif vivant !

Peu après, sur Astéra, une planète ressortissant de la Fraternité de Tarye, des colons sont assaillis par des imitations robotisées d'oiseaux locaux et d'autres se comportent comme des marionnettes humaines. Sous une identité de camouflage, Perry Rhodan rallie Astéra et y mène l'enquête avec un ex-major de l'Astromarine, Joaquin Manuel Cascal : ce monde est sous l'emprise de psycho-émetteurs flottant dans l'atmosphère et coordonnés depuis le palais de la cité-capitale. Mais Corello, instigateur de cette opération, fuit dès que le Stellarque et ses compagnons passent à la contre-attaque.

En mai 3432, cet adversaire plus qu'inquiétant frappe à nouveau sur une lointaine colonie. Ses actions terroristes et les dramatiques événements qui en résultent suscitent la résurgence de pénibles souvenirs dans le cerveau-second de l'Arkonide Atlan : ceux des Crises de la Première et de la Seconde Genèse qui, en 2907 puis 2909, ont provoqué une surmultiplication des facultés psi et une démence meurtrière chez huit mutants de la Milice. Leur enlèvement par l'Étrusien Nos Vigeland, agent félon de l'O.M.U. et futur membre du triumvirat de Carsual, dont le but principal était de récupérer leurs activateurs cellulaires, s'est peu après terminé dans d'atroces circonstances. Et l'affaire a également coûté la vie à Allan D. Mercant, aux jumeaux Woolver ainsi qu'à John Marshall dont l'activateur est tombé entre les mains de Gevoreny Tatstun, une jeune Anti qui portait l'enfant récemment conçu avec feu l'hypnosuggesteur Kitaï Ishibashi... Un enfant dont l'identité ne fait plus l'ombre d'un doute : il s'agissait de Ribald Corello !

En juillet 3432, celui-ci ourdit un piège diabolique pour supprimer le mutant bicéphale Ivan Ivanovitch Goratchine et le remplacer par une « copie » grâce à laquelle il escompte découvrir l'endroit où se cachent le Soleil et ses planètes. Un plan qui sera bien près de réussir... Éliminer Corello constitue désormais la priorité absolue : informé par la vieille Tipa Riordan sur l'expérimentation d'un soi-disant déformateur-annulateur temporel par les mystérieux Scientifiques de la planète Copernic, Perry Rhodan charge Joaquin Manuel Cascal de s'infiltrer parmi eux. Si la chose est avérée, Joak devra les convaincre de lui laisser utiliser l'appareil pour remonter en 2909 et étouffer dans l'œuf la menace du Supermutant. Il faudra cependant que le Stellarque intervienne en personne pour que l'opération se lance. Hélas, un sabotage empêchera Cascal d'agir à la date idéale, fin 2908, de la première rencontre entre Kitaï Ishibashi et la jeune Gevoreny. Début mars 2909, Joak ne pourra que s'élancer sur les traces de la future mère de Ribald Corello, localiser le système de Gevo où elle se réfugie, et apprendre que la naissance du Supermutant obéissait à un plan machiavélique ourdi par les Antis ! De retour au présent, en août 3432, Cascal et Rhodan quittent Copernic et les Scientifiques – en possession, toutefois, des dossiers complets sur le déformateur-annulateur temporel. Mais c'est à un autre sujet d'actualité brûlante que le Stellarque va devoir se consacrer dans l'immédiat...

En octobre 3431, aux abords du chronosas reliant le Système Solaire au présent et au reste de l'Univers, une nef composite des Bioposis a été anéantie par un Accalaurie, une des mystérieuses sphères énergétiques surgies dans la Galaxie depuis près de six mois. Poursuivant l'intrus, Perry Rhodan et son *Intersolaire* ont rallié le système de Graper où Screw Howard, ingénieur en chef des mines d'hogaltan de la planète géante Salem, a découvert que les vaisseaux accalauries seraient formés d'antimatière et n'auraient rien d'hostile : les explosions résultant du contact avec eux seraient purement accidentelles. Cachant son identité, le Stellarque a assisté les mineurs de Salem et croisé des Prospecteurs Cosmiques en affaires pas toujours licites avec eux. Il a fallu attendre mai 3432 pour qu'un espoir de contact non destructif se dessine grâce à Derbolav de Grazia, patriarche d'une autre tribu de Prospecteurs. Sur Maverick, un monde jovien situé dans le domaine d'influence des Bleus et regorgeant d'ynkélonium, un transuranien qui multiplierait par trente la résistance de la terkonite, Derbolav et ses hommes ont en effet été les premiers humains à rencontrer des Accalauries et à entrevoir pourquoi ces êtres antimatériels sont venus jusqu'ici : inhibant les réactions annihilatrices entre particules subatomiques opposées, l'ynkélonium pourrait constituer l'élément miraculeux autorisant l'approche entre deux univers incompatibles.

Près de cinq mois plus tard, dans des circonstances dramatiques, la confrontation tout aussi attendue que redoutée va enfin avoir lieu – avec, entre autres conséquences, la mise en évidence d'une menace supplémentaire pour les habitants du Système Fantôme : LE SATELLITE ANTI-SOLAIRE…

PREMIÈRE PARTIE

LE PÉRIL VIENT DU SOLEIL

Il est une loi universelle à laquelle rien ni personne ne peut se soustraire : la loi du naître et mourir. C'est elle qui constitue le moteur de l'évolution : ainsi, de même que notre univers actuel a puisé sa substance dans la quintessence de la contraction de l'univers antérieur, de nouvelles civilisations sont nées sur les vestiges de la civilisation humaine. Cependant, si l'on veut comprendre pourquoi une nouvelle civilisation retrouve rarement les traces de celle qui l'a précédée, il convient de ne pas considérer le concept de « civilisation » sous l'angle limité de la pensée planétaire ou galactopolitique. Toute puissance établie et véritable détruit radicalement dans sa chute ce qui jadis l'engendra. Parfois même, craignant que ses héritiers ne la dépassent, elle essaie de refermer l'avenir devant soi, sans réaliser que cela ne fait que créer un catalyseur pour la future évolution…

Extrait de « Cosmologie Philosophique », par Abloth Myandra (1967-2046), professeur à la Première Université de Terrania.

CHAPITRE PREMIER

Le colonel Tepper Sockmann était un officier exemplaire de la Flotte Impériale d'Olympe, autrefois appelée Astromarine Solaire. Depuis quelque temps toutefois, il négligeait son apparence. Il se sentait relégué dans un bled, non pas en raison du caractère désertique de Krover, deuxième planète du système de Squirepankin, mais parce qu'il se voyait comme un chien à qui on aurait ordonné de garder un os profondément enterré dans un quartier inhabité.

L'os en question était un dépôt souterrain de la Flotte, construit cent quatre-vingts ans plus tôt sur Krover. Quant au quartier inhabité, c'était le système de l'étoile Squirepankin.

— Dans ce trou perdu, avait pesté le colonel deux jours plus tôt, il ne s'est jamais rien passé, il ne se passe rien, et il ne se passera rien non plus dans les mille ans à venir !

Mais Tepper Sockmann était humain, et « l'erreur est humaine », disait une ancienne maxime…

Derrière l'officier supérieur, le sas étanche de la coupole d'accès camouflée se referma avec un chuintement. Sur l'horizon, le disque de braise rouge du soleil se levait, à peine déformé par l'atmosphère ténue de la planète. Une faible brise soufflait avec indifférence sur le paysage désert en soulevant de petits tourbillons de sable.

Tepper Sockmann jeta un œil sur son chronographe ultraperfectionné. Puis il étira et replia les bras, avant de commencer son jogging matinal. Il ne portait qu'un petit short beige, un T-shirt flottant et des chaussures de sport aux semelles particulièrement larges. Même si légèrement vêtu, il ne tarda pas à transpirer abondamment. Ses poumons et son cœur devaient fournir un effort intense pour extraire suffisamment d'oxygène de l'air raréfié de Krover.

Après une demi-heure de course, le colonel atteignit une colline. Des pans de roche, fissurés par l'alternance des grandes chaleurs diurnes et du froid nocturne, érodés par le sable et les vents, s'élevaient à dix mètres au-dessus du sable très clair, presque vitreux. Trois palmiers de Cusquenne tendaient haut leurs troncs étrangement tordus. D'un point de vue strictement botanique, il s'agissait d'ailleurs de cactées, mais les hommes en poste sur Krover tenaient à leurs palmiers.

Tepper Sockmann grimpa au sommet de l'éminence. Il nota avec satisfaction que sa respiration revenait rapidement à la normale et que son pouls diminuait. Son entraînement quotidien avait permis à son organisme de s'adapter à la faible teneur ambiante en oxygène. Tous ses hommes ne supportaient pas aussi bien les conditions de Krover. Certains d'entre eux résistaient tout au plus une minute à l'extérieur sans masque. Dans la base subplanétaire régnaient naturellement des paramètres environnementaux aux normes terriennes.

Sockmann soupira.

Normes terriennes... *L'expression demeure, bien que la Terre ait disparu.*

Puis il sourit.

*Après tout, la notion d'*année-lumière *véhicule le même souvenir bien qu'il n'y ait plus de planète dont la période de révolution soit d'exactement une année, comme la Terre. Et il en va de même d'autres grandeurs physiques et unités de mesure comme le mois, le mètre, le kilo, etc.*

L'officier observa un crabe du désert qui se précipitait dans le sillage d'un ver laineux, le paralysait d'une morsure, puis tirait sa proie vers son terrier. L'annélide à la longue fourrure gris-brun tressaillit encore quelques fois, et mollit enfin. Le prédateur le traîna sur le sable comme un vieux bout de câble usagé.

Sockmann soupira derechef. Manger et être mangé : sur un monde vierge comme n'importe où dans l'Univers, c'était la règle immuable. Mais jamais il n'aurait cru que l'humanité solaire et la Terre où tout avait commencé puissent un jour, à ce jeu de la Nature, perdre la partie.

Il se rappelait encore parfaitement, comme si c'était hier, les événements qui s'étaient déroulés deux ans auparavant. À cette époque, il se trouvait avec sa flottille de dix croiseurs légers sur Callisto, cinquième satellite de Jupiter. Les sondages dans la Fosse des Tonga, sur la Terre, ne l'avaient au départ pas intéressé, jusqu'à ce que filtre la nouvelle que l'on avait retrouvé vivant un Néandertalien d'il y avait deux cent mille ans. D'abord goguenard, puis incrédule et enfin plutôt songeur, il avait cherché à se mettre au courant. Le tableau était très incomplet, mais en tant que chef d'une unité de reconnaissance et de renseignement, le colonel avait reçu une formation spéciale dans l'inférence à partir d'informations fragmentaires. Sa première réflexion fut que ce fossile vivant ne pouvait avoir été conservé sur une si longue période que grâce à une installation biophysique sophistiquée. Ensuite, que celle-ci devait être alimentée par de puissantes centrales, dotées de générateurs à durée de vie quasi illimitée. En conséquence, il y a deux cent mille ans, *quelqu'un* avait travaillé avec des moyens techniques considérables dans le Système Solaire, et plus précisément sur la Terre. Soit ce quelqu'un avait eu des adversaires encore supérieurs, soit – proposition inverse – il avait implanté sur la planète-mère une mystérieuse arme à retardement qui était destinée à détruire tout le secteur, des millénaires plus tard, en le précipitant dans l'hyperespace.

Le colonel Sockmann posa la main en visière au-dessus de ses yeux : il venait de percevoir un mouvement, sur un plateau rocheux, à quelques kilomètres de là. Consultant son chronographe, il nota que c'était l'heure de l'appareillage du *Koenigsberg*. Le croiseur de la classe des Villes devait accomplir sa patrouille quotidienne, une tâche ennuyeuse qui pesait à tous les équipages.

Un nuage de sable et de poussière monta en tournoyant dans les airs, comme si un géant balayait la vaste surface pierreuse. Aussitôt après, un disque de roc s'escamota avec un bourdonnement sourd, démasquant une ouverture de cent cinquante mètres de diamètre : la sortie du puits anti-g qui allait permettre au *Koenigsberg* de sortir de son hangar.

Une trentaine de secondes plus tard, le pôle supérieur du navire de reconnaissance apparut par-dessus le rebord du gouffre. Avec une lenteur majestueuse, la coque arrondie au poli impeccable s'éleva jusqu'à ce qu'enfin, les étançons débouchent au ras du sol. Le vaisseau se trouvait sur une plate-forme antigrav assistée par un champ répulsif. Elle gagna une altitude de cinquante mètres, puis redescendit alors que la nef restait suspendue en l'air. Quand le vantail se fut refermé sur le puits, le bourrelet équatorial du *Koenigsberg* étincela d'une vive lueur bleutée. En quinze secondes, les propulseurs à impulsion prirent le relais des anti-g pour équilibrer la masse du croiseur.

Ensuite, ce dernier accéléra si vite que le colonel Sockmann ne put le suivre des yeux. Seuls la tempête dans les masses d'air malmenées et un nuage de sable qui retomba rapidement indiquaient encore que sur ce monde désolé, un vaisseau spatial ultramoderne venait de décoller. Un vaisseau spatial appartenant à la flotte de l'Empire Solaire. Mais cela, le colonel l'ignorait : pour lui comme pour des milliards d'officiers de l'espace, d'origine terranienne ou non, le Système de Sol et l'Empire du même nom n'existaient plus.

Malgré tout, Tepper Sockmann ne croyait pas que toute l'humanité solaire ait péri dans la catastrophe. Il croyait encore moins que Perry Rhodan soit mort. Naturellement, son sentiment n'avait rien d'une vérité scientifiquement démontrable. Mais il avait observé le Stellarque au cours de plusieurs manœuvres et de séances du conseil de l'Empire, et il avait foi en cet homme aux dons de génie, à la rapidité de décision extraordinaire, et profondément dévoué à l'Humanité : Rhodan n'avait assurément pas manqué d'identifier le danger avant qu'il ne frappe, et avait veillé à ce qu'une grande partie de la population soit mise à l'abri. Ces derniers temps, des rumeurs semblaient d'ailleurs aller dans ce sens.

Au fait, l'existence de notre gigantesque entrepôt sous la surface de Krover n'en constitue-t-elle pas comme une confirmation ? Car un dépôt resté à peu près intact pendant cent quatre-vingts ans, même avec la récente catastrophe qui s'est abattue sur l'Humanité, témoigne à tout le moins de sa prévoyance face aux problèmes. Non, ce n'est pas le premier coup dur venu qui peut avoir raison des Hommes !

L'officier aux cheveux blanchis sous le harnais se demanda pendant un moment si l'installation des bases logistiques secrètes comme celle de Krover avait une quelconque relation avec l'apparition des énigmatiques Accalauries. Les derniers rapports confidentiels en provenance du palais de l'empereur, à Trade City, indiquaient qu'il s'agissait d'organismes composés d'antimatière, de même que leurs vaisseaux spatiaux, et qu'ils viendraient d'une galaxie d'antimatière. Les sphères d'énergie qui semaient l'inquiétude, voire la panique, parmi les peuples de la Voie Lactée n'étaient rien d'autre que de complexes écrans protecteurs qui devaient empêcher le contact entre la koïnomatière et l'antimatière, et la violente réaction explosive qui en résultait. Pourtant, chaque fois qu'un navire accalaurie avait essayé de pénétrer dans l'atmosphère d'une planète, cela avait tourné au désastre.

Un bip de son bracelet l'arracha à ses pensées. Il prit la communication.

— Où traînez-vous donc, Monsieur ? demanda la voix de son robot domestique, sur un ton nettement contrarié. Votre petit déjeuner sera prêt dans cinq minutes. Vous allez devoir battre votre record pour rentrer à temps…

Sockmann retint une réponse malsonnante et se contenta de répliquer :

— J'arrive tout de suite. Quoi de neuf, Rob ?

— Une rayure de plus sur votre enregistrement musical préféré, Monsieur. Vous devriez changer de disque, déclara le robot, faisant preuve d'un humour involontaire.

— J'essaierai, grommela le colonel.

Il descendit en ahanant de son promontoire. Un dernier saut et une réception adroite, genoux fléchis, il allait s'en retourner…

… Quand soudain, le domorob, le petit déjeuner et le disque furent oubliés : ébahi, Tepper Sockmann avait posé les yeux sur l'étrange phénomène qui venait d'apparaître à l'horizon occidental de Krover. C'était comme un soleil pâle, très aplati, avec des protubérances qui s'élançaient loin dans l'espace et une couronne irrégulière en expansion.

— Monsieur, ici lieutenant-colonel Akkadany, diffusa son communicateur de poignet. Avez-vous observé un événement inhabituel ?

Le natif d'Abdanjug, une colonie longtemps « oubliée », parlait un intergalacte irréprochable dans la syntaxe mais mâtiné d'un fort accent.

— Affirmatif, répondit Sockmann. Une supernova dans un système voisin, c'est cela ?

— Pas du tout, le contredit son subordonné. Cette soi-disant supernova se trouve à une distance de seulement neuf milliards de kilomètres.

— Comment… ? s'étonna le colonel. Mais alors, cela la situe dans l'anneau de poussières de notre système solaire !

— Oui, Monsieur, confirma Akkadany. Ce ne peut pas être une nova ni un processus similaire. Nous vous attendons à bord du *Halifax*. J'ai instauré l'état d'alerte pour la base.

Tepper Sockmann se mit à sprinter à toutes jambes. De la coupole camouflée, un glisseur vint à sa rencontre. L'officier se jeta littéralement à l'intérieur.

— Enfin du mouvement, Monsieur ! lâcha avec enthousiasme le pilote, un jeune lieutenant qui souriait aux anges.

Sockmann acquiesça d'un signe de tête. Pourtant, tout à coup, il n'était plus si sûr de souhaiter une rupture dans la monotonie de son service…

*
* *

Accutron Mspoern oscillait entre le plus profond désespoir et la folie. L'horreur secouait son corps sphérique. Ses quatre yeux proéminents étaient braqués vers les instruments du navire, mais les données n'atteignaient pas sa conscience. En pensée, il revoyait encore et encore le grand vaisseau-mère, privé des champs neutralisateurs qui l'eussent protégé de l'antimatière de cet univers, se désintégrer inexorablement en un nuage de gaz et de particules…

Lui-même ne devait la vie qu'à un concours d'heureux hasards, qui trouvaient pourtant leur origine dans des circonstances moins favorables. Une surcharge de différents accumulateurs avait causé la défaillance de plusieurs systèmes importants, et avant que les générateurs qui les alimentaient puissent être dérivés, l'énergie en excès avait provoqué plusieurs explosions dans le navire. Les projecteurs d'écran avaient souffert et les champs de neutralisation avaient nettement faibli. La situation était devenue critique.

Accutron et trente autres « feuilles » avaient alors été éjectés à bord de chaloupes discoïdales afin de réparer les dégâts subis par les projecteurs. Après quelques *blgras* de travail, son regard était fortuitement tombé sur les indicateurs des détecteurs de masse. Il avait vu que le vaisseau et les engins de réparation planaient à très courte distance d'un grand anneau de micromatière interstellaire. Ils dérivaient même droit sur lui. Avant qu'il réalise pleinement le péril et puisse décider des mesures appropriées, son subconscient avait pris le dessus, le poussant à accélérer de toute la puissance disponible pour éloigner sa navette de la zone de danger immédiat.

L'éclair vif de l'explosion avait à peine frappé l'intellect du scientifique car au même instant, il avait été submergé par les impulsions de mort de ses trois cents compagnons qui s'évaporaient, lançant simultanément le cri de détresse quintidimensionnel des « feuilles ».

Accutron Mspoern rugit, alors que le souvenir des impulsions de ce sinistre chœur d'adieu assaillait sans relâche sa mémoire avec une trompeuse apparence de réalité. Il trembla et pleura, hurla et jura, jusqu'à ce que ses ressources physiques soient épuisées et que sa conscience récupère graduellement sa réceptivité aux événements extérieurs.

Lentement, le chant mélodieux du lobbyhuvos s'insinua dans l'esprit d'Accutron et endormit sa peur tout en réveillant le souvenir de l'« arbre »… Mspoern exhala un long soupir.

— Enfin ! Enfin ! se réjouit son compagnon en agitant simultanément ses six bras. Les ténèbres l'ont quitté ! Ah, Accutron, feuille entre toutes les feuilles ! Tu as vaincu la panique et la terreur !

Il se rapprocha. Ses quatre petits appendices locomoteurs terminés par des disques-ventouses de la taille d'une soucoupe s'accrochèrent fermement au siège du pilote. Si l'on faisait abstraction de ses membres et des antennes sur sa tête, Lobbyhuvos avait l'air d'une bouteille ventrue au col long et mince. Il reposait sur quatre fines pattes très courtes. De sa tête ronde, de la taille d'un poing, à son extrémité convexe, il mesurait soixante-dix centimètres pour vingt-cinq dans son diamètre maximal.

— Dois-je te masser, Maître ? demanda le lobbyhuvos en gloussant.

En même temps, il tendit ses deux bras de palpation. Ses doigts déliés allèrent chatouiller et grattouiller la tête hémisphérique d'Accutron Mspoern, au-dessous de la section lisse qui portait les quatre yeux.

Par réflexe, Accutron commença à rire, puis il repoussa les mains du lobbyhuvos.

— Arrête, insensé ! Tu sais que nous nous trouvons dans une situation désespérée. Mes compagnons sont morts trop vite pour que leurs impulsions prennent la voie normale via le paracontinuum. Leur appel arrivera trop tard aux autres feuilles, si tant est qu'il leur parvienne jamais. Avant que l'aide ne soit là, j'aurai consommé toute ma réserve respirable. Je mourrai. Mais le pire, c'est que je mourrai seul.

Le lobbyhuvos tourna la tête à presque quatre-vingt-dix degrés à gauche puis à droite, comme s'il cherchait quelque chose. Ses capteurs délicats vibraient et ses globes oculaires rouges protubérants oscillaient en tremblotant comme de la gélatine.

— Tu m'offenses, moi, ton meilleur ami, Accutron ! se fâcha-t-il. Comment pourrais-tu mourir seul, alors que je suis avec toi ! Ah ! Voilà bien l'ingratitude du monde ! Quarante *krwaus* que je te suis à ton service. Je t'ai massé et dorloté. Quand il le fallait, j'ai bercé ton sommeil, tu as bénéficié de ma sagesse infinie...

Il s'interrompit quand Accutron éclata de rire, puis ses circuits logiques bourdonnèrent un peu plus fort car son secteur d'évaluation venait de conclure que sa tactique avait fonctionné. Le Maître avait émergé de ses sombres pensées. Mspoern pressa ses mains contre son corps sphérique, et le rire s'éteignit peu à peu. Une fois calmé, l'Accalaurie avança la tête hors de la cavité céphalique de son thorax et examina le lobbyhuvos.

— Peut-être es-tu plus sage que les feuilles du Grand Arbre ne l'avaient supposé, murmura-t-il. Tu m'as souvent diverti, mais tu m'as aussi fait découvrir d'innombrables vérités essentielles…

— Pas des vérités essentielles, plutôt une sagesse pratique, corrigea Lobbyhuvos. Il n'existe pas de « vérité » au sens absolu.

— Allons ! Voilà que tu exagères une fois de plus. J'affirme, moi, qu'il est des vérités dont la connaissance est accessible. Ou n'est-il pas vrai que je suis Accutron Mspoern, une feuille du Grand Arbre ?

— De ton point de vue et de celui des autres feuilles, tu es un être organique doué d'intelligence. Pour des créatures à la conformation différente, dotées d'autres systèmes de perception, tu es un nuage irrégulier composé de molécules mouvantes que le contenu énergétique des centres nerveux enveloppe d'une aura hyperdimensionelle. Pourtant, cet ensemble ne présente qu'une faible cohésion. Une forte augmentation de température suffirait à dissoudre cet assemblage moléculaire, à en déstabiliser les composants et à les éparpiller dans l'espace.

— Alors je suis un nuage de gaz ? demanda Accutron d'une voix où perçait le sarcasme.

— Tu ne comprends pas encore qu'il n'y a aucune vérité absolue. Que l'on te qualifie de nuage de gaz ou d'autre chose, dépend de la structure physique et des facultés de perception de l'observateur. Imagine une nébuleuse intelligente : elle te verrait comme un corps solide très compact, et aurait même du mal à te croire vivant. À l'opposé, considère une étoile noire douée de raison : au regard de son énorme densité, les molécules lâches de ton corps ne présenteraient aucun lien entre elles, elle ne pourrait même pas te « voir ».

— Je saisis ce que tu veux dire, répondit doucement Accutron. Il est perturbant de devoir accepter que nous ne sommes pas capables de définir précisément quoi que ce soit dans l'Univers.

Le lobbyhuvos poussa un sifflement aigu.

— Erreur, Grand Maître ! C'est au contraire une preuve de maturité intellectuelle que d'admettre qu'aucune connaissance n'est absolue. Le savoir est relatif.

— Et ceci constitue l'unique vérité objective ! triompha Accutron. Par conséquent, il existe bien une vérité absolue !

— Zéro égale zéro, et zéro plus un, cela fait un, jacassa Lobbyhuvos. Tu m'embrouilles, feuille parmi les feuilles.

Il quitta soudain le siège du pilote pour planer jusqu'au plafond du central, où il ancra magnétiquement ses appuis et se laissa pendre tête en bas. Gesticulant de ses six bras, il désigna les instruments.

— Les détecteurs montrent-ils à présent trois satellites de ce soleil rouge, ou seulement des concentrations de micromatière ?

Accutron Mspoern tourna la section lisse de sa tête vers les contrôles. Il avait entre-temps laissé derrière lui l'anneau de poussières spatiales. Le système étranger s'ouvrait devant lui. En optique, l'astre pourpre apparaissait triste et froid. Pourtant, les appareils de mesure captaient le puissant rayonnement qu'il diffusait.

— Trois planètes… murmura Accutron, pensif. Deux petites et une géante. Au contraire de la plupart de ses semblables, celle-ci ne possède aucun satellite rocheux. Probablement s'agit-il d'une seconde étoile avortée faute de masse. Elle a dû perdre la matière correspondante durant les processus de planétogenèse. Cela explique l'importance de l'anneau de gaz et de poussières qui entoure ce système.

— La manie de la propreté, intervint le lobbyhuvos.

— Pardon ?

— Ce soleil est un maniaque de la propreté. Il a rejeté hors du système tous les résidus superflus. Une attitude pas très amicale vis-à-vis de ses voisins potentiels, pour ainsi dire.

— Farceur ! le rabroua Mspoern, sans pouvoir réprimer un gloussement.

Il procéda à quelques calculs sur le petit cerveau quantique de bord. Ensuite, il augmenta la puissance du propulseur et mit le cap vers la deuxième planète.

C'était son subconscient qui le poussait dans cette direction. Accutron le savait, l'espace ou un globe d'antimatière, cela ne faisait aucune différence. Il ne possédait qu'une tenue de protection légère dépourvue de générateur individuel de champ de neutralisation. Mais le deuxième monde de ce système l'attirait instinctivement, parce que les résultats des mesures avaient montré des conditions « familières ».

— Qu'espères-tu trouver là-bas, Maître ? s'enquit le lobbyhuvos après un moment passé à fredonner.

Accutron Mspoern sursauta. Il rêvait qu'il était réuni aux branches de son arbre.

— Oui, en effet, qu'est-ce que j'espère y trouver… ? s'interrogea-t-il en écho, plus pour lui-même que pour son compagnon. Peut-être…

Il ne termina pas sa phrase. Soudain, la détection se mit à signaler des ondes radar en provenance d'un vaisseau étranger…

*
* *

La sirène hurlait sans interruption pendant que le pilote du glisseur fonçait à travers les couloirs de la base. D'autres véhicules se rangeaient, des soldats sautaient précipitamment de côté : priorité au commandant !

Enfin, l'engin s'arrêta en pivotant sous le sas ventral du croiseur léger *Halifax*. Tepper Sockmann sauta dans le flux montant de l'ascenseur anti-g et les portes se refermèrent derrière lui. Il était le dernier à embarquer dans le navire de la 49e Escadre de Reconnaissance.

Quand il entra sur la passerelle, le *Halifax* naviguait déjà en plein espace interplanétaire de toute la puissance de ses propulseurs. Sur les écrans, Krover avait la taille d'une pièce d'un solar et rapetissait à toute vitesse.

Le lieutenant-colonel Akkadany se leva et adressa un regard interrogatif à son supérieur.

— Vous me relayez, Monsieur ?

— Gardez le commandement. Je me rends au centralcom.

Au pas de gymnastique, il poursuivit son chemin et pénétra dans la salle où opéraient, imperturbables, les techniciens des communications, installés en demicercle et de dos au nouvel arrivant.

— Liaison hypercom avec la centrale de coordination ! ordonna le colonel.

Sans se retourner, le responsable hocha la tête et établit la connexion en quelques secondes.

Tepper Sockmann demanda quelles unités se trouvaient dans le secteur outre le *Koenigsberg* et le *Halifax*. Il n'y en avait qu'une, le *Varsovie*, qui patrouillait en avant de l'anneau de matière. Il contacta aussitôt son commandant.

Sur l'écran de l'hypercom s'afficha l'image d'Enrique Carbali, au visage fin et bronzé. Ses cheveux noirs, d'ordinaire soigneusement peignés, étaient ébouriffés. L'officier s'annonça avec sa politesse coutumière et en souriant, mais dans ses yeux, Sockmann décela le reflet de la peur.

— Au rapport, major ! ordonna-t-il.

Sa voix sonnait plus durement que d'habitude. Carbali ne sembla pourtant pas le remarquer, autre indice de l'inquiétude qui paralysait ses réactions.

— Nous nous trouvions dans le secteur bêta-13 nord quand c'est arrivé, Monsieur, déclara-t-il d'une voix presque monocorde. À ce moment, quatre astronomes travaillaient dans la coupole d'observation polaire. Ils ont été aveuglés par la décharge photonique.

Sockmann fronça les sourcils, alarmé.

— Aveuglés… ? Vous voulez dire qu'ils ont perdu la vue ?

— Leurs rétines ont été grillées, Monsieur, confirma d'un ton morne le major Carbali, manifestement encore sous le choc. La déflagration était extraordinairement puissante. Jamais on n'a enregistré de tels dégagements de photons lors d'explosions nucléaires. Un fait curieux : l'analyse spectrale automatique a montré une dominance de raies typiques du nickel. Mais avant que ce soleil atomique ne s'éteigne, bien avant même, tous les pics caractéristiques avaient disparu. C'est alors que cette terrible émission de photons…

La voix de Carbali se brisa.

— Doucement, prononça lentement le colonel Sockmann. Reprenez-vous, major. Vous parliez d'une dominance des raies du nickel. Est-ce à dire que des traces d'autres éléments étaient également présentes, ou bien… ?

Avec un mouchoir, Enrique Carbali tapota sur son front humide de sueur, puis répondit avec une intonation sèche :

— Outre le nickel, le spectrogramme relève aussi tous les éléments qui composent l'anneau de poussières. D'après les premiers calculs de la positronique, il semblerait qu'une partie de sa matière se soit transformée en énergie pure.

Sockmann serra les lèvres, les réduisant à une mince ligne. Son cerveau commençait à concevoir une hypothèse devant laquelle il se raidissait intérieurement. Pourtant, il se contraignit à poursuivre cette ligne de pensée.

— Merci, major, fit-il distraitement. Vous ratisserez le secteur gamma-13 sud. Avec le *Halifax*, je m'occuperai personnellement de bêta-13 nord.

Il regagna en hâte le central. Ordonnant à son adjoint de conserver le commandement, il alla s'asseoir dans un siège-contour à la table des cartes. Les yeux fixes, dans le vague, il réfléchissait intensément.

Enfin, il contacta la détection et enjoignit de rechercher des vaisseaux spatiaux. Il transmit les mêmes instructions aux officiers supérieurs du *Varsovie*, du *Koenigsberg* et des autres croiseurs de reconnaissance qui avaient décollé depuis le début de l'alerte.

Quand le lieutenant-colonel Akkadany s'approcha de lui, il leva un regard incertain.

— J'ai remis le commandement à Markusson, annonça son subordonné, parce que moi, Yagusev Akkadany, je me suis dit : « Ton patron fait face à de graves problèmes. Il doit penser à plein régime, ce qui ne doit rien arranger. »

— Dites donc, vous parlez de moi en de drôles de termes ! s'irrita Sockmann.

Mais sa mauvaise humeur retomba dès qu'il eut remarqué la mine innocente de son adjoint. Il toussota.

— Et où donc êtes-vous allé chercher que je pensais, colonel ? reprit-il.

— Vous pensez toujours trop, Monsieur. L'ennui, c'est que vous laissez rarement filtrer vos idées hors de votre crâne. Ce n'est pas bon. Tout comme le corps, l'esprit a besoin d'une bonne digestion. Non seulement il faut le nourrir, mais il convient aussi d'élim…

— C'est bon, j'ai compris ! coupa Tepper Sockmann, redoutant la suite de ces comparaisons originales. Vous savez, vous auriez dû devenir psychothérapeute, ou quelque chose comme ça.

Yagusev Akkadany ricana.

— J'ai bien failli devenir « quelque chose comme ça », Monsieur. Papa était grand sorcier sur Abdanjug, avant que cet *Explorateur* redécouvre la colonie et l'annonce avec tambours et trompettes. (Son visage se colora à mesure que le gagnait une sorte de colère sacrée.) Chez nous, nous parlons peut-être l'intergalacte avec un accent à couper au couteau et avons développé une mentalité à part, mais nombre d'entre nous sont capables de penser mieux que les gens de notre mère la Terre.

Le colonel Sockmann exhala un soupir résigné. Il avait appris, grâce au dossier personnel d'Akkadany, l'histoire récente de la planète perdue Abdanjug. Les colons avaient poussé à l'extrême l'automatisation de la production, ce qui avait libéré un temps considérable qu'ils consacraient à une sorte de culte de la méditation. Le principal acte de piété consistait en la participation à des séances de réflexion collective sous la direction intellectuelle d'« hommes-médecine » – ou « sorciers », comme les appelait aussi Akkadany. Son père était l'un des plus fameux d'entre eux.

Avec ses homologues, il s'était longuement et farouchement opposé à la reprise de contact avec l'Empire Solaire et sa civilisation à la mentalité orientée vers la technologie. Toutefois, après une conversation personnelle avec Perry Rhodan, il s'était engagé sur la voie de la réintégration. La supériorité économique et la sollicitude appuyée du « grand frère terranien » avaient finalement battu en brèche le culte de la méditation. La jeune génération acceptait certes les avantages de la technologie dans la vie de tous les jours, mais il lui arrivait de regarder de haut les gens qui n'étaient pas natifs d'Abdanjug.

Après cette diversion salutaire, le colonel se rendit compte qu'il n'avait à présent plus aucune réticence à mener ses réflexions à leur terme et à en tirer les conclusions qui s'imposaient.

— Une explosion nucléaire a eu lieu dans l'anneau de matière du système de Squirepankin, récapitula-t-il posément, une explosion violente qui ne peut pas avoir été causée par de simples réacteurs atomiques classiques, fussent-ils ceux d'un gros vaisseau.

Sockmann regarda son adjoint, qui hocha la tête en souriant, et il fronça les sourcils.

— Cette explosion n'a produit aucun rayonnement radioactif, mais au contraire une émission de photons sans précédent, pour nous en tout cas. Un flux de lumière si intense qu'il a traversé les filtres de la coupole d'observation d'une de nos unités et brûlé les rétines de plusieurs personnes. L'analyse spectrale automatique a montré pendant un bref instant les raies caractéristiques de tous les éléments qui composent la ceinture de poussières, avec une dominance de nickel.

« Mais… poursuivit-il en élevant la voix, … mais avant même la fin du processus d'expansion, les raies spectrales ont disparu, comme si toutes les particules élémentaires avaient été intégralement converties en énergie !

De nouveau, il tourna les yeux vers Akkadany.

— Aucune réaction connue ne produit ce genre d'effet, à l'exception d'une seule, avec laquelle nous avons fait connaissance il y a peu : la réaction explosive de la koïnomatière et de l'antimatière !

— Des Accalauries… murmura le lieutenant-colonel.

— Oui, répéta Tepper Sockmann d'une voix ferme, des Accalauries. Je ne sais pas ce que ces créatures antimatérielles sont venues chercher chez nous, mais elles y sont venues.

— Et elles y sont mortes…

À cet instant, l'intercom annonça que le croiseur *Koenigsberg* avait localisé au-dessus de l'anneau de micromatière un navire discoïdal qui s'approchait de Krover au tiers de la vitesse luminique.

Sockmann et Akkadany se regardèrent.

— Ils ne sont donc pas *tous* morts, commenta laconiquement le colonel. (Il se retourna vers le chef du centralcom.) Dites au *Koenigsberg* de rallier notre secteur. De cette manière, l'Accalaurie devra passer entre nos deux croiseurs. Mais surtout, gardons nos distances !

« Je reprends le commandement, mon ami. Quant à vous, installez-vous à un terminal de l'ordinateur de bord et, avec la section impotronique, essayez d'élaborer un protocole de communication avec des êtres intelligents composés d'antimatière…

*
* *

— Nous devons nous défendre ! s'exclama Accutron Mspoern. Ou fuir !

— Jusqu'ici, personne ne s'en prend à nous, Maître, répondit le lobbyhuvos. Et le sage considère les choses avec flegme. Je vois que nous sommes d'accord…

— Comment cela, « nous sommes d'accord » ? Je ne t'ai même pas répondu, gros malin !

— Mais, mon cher Accutron, flûta onctueusement son compagnon, la communication ne se limite pas à l'acoustique : tu as légèrement arrondi la tête.

— Ah ? Mmm… oui, peut-être. Alors, que dois-je faire, à présent ? La détection énergétique montre que le deuxième vaisseau approche. Si on nous attaque, nous sommes perdus. Le champ de neutralisation ne protège pas contre les tirs radiants.

— Les navires des étrangers sont de forme sphérique, réfléchit Lobbyhuvos. D'autres feuilles ont déjà observé des nefs de ce type. Leurs occupants se comportaient avec circonspection certes, mais sans agressivité. Accutron, je pense qu'une chance s'offre à nous. Si nous pouvons leur expliquer que nous venons en paix et avons besoin d'aide, ils mettront peut-être tout en œuvre afin de nous sauver. J'en suis même certain.

— D'où tires-tu cette certitude, petit futé ? Pourquoi ces étrangers nous aideraient-ils ?

— La curiosité, Maître. Tous les organismes intelligents sont curieux, et plus particulièrement s'ils pratiquent les voyages interstellaires. Celui qui n'est pas curieux ne développe pas la navigation spatiale. Et il trouve d'autres moyens pour préserver son monde natal de la surpopulation et de la surexploitation.

Accutron se plongea dans ses pensées.

Les arguments de son compagnon se tenaient. Les étrangers à bord des vaisseaux sphériques n'avaient aucune raison de l'attaquer. Sa petite navette ne présentait pour eux nul danger. Par conséquent, ils ne recoureraient pas à une frappe préventive.

D'un autre côté, il n'arrivait pas à imaginer quelle aide ils pourraient lui apporter. Ils se composaient d'antimatière, et lui, le lobbyhuvos ainsi que la chaloupe, de matière normale. Un contact direct menait obligatoirement à la catastrophe. Ils ne réussiraient pas à venir à lui, ni lui à eux. Dans cet univers d'opposé, il constituait un corps allogène dangereux. Sans en prendre pleinement conscience, il saisit les commandes pour dérouter son véhicule.

— Je ne ferais pas cela, objecta le lobbyhuvos. Il suffit qu'un seul d'entre nous s'éloigne…

— Et ce sera nous, coupa Mspoern.

— Non, le contredit à nouveau la créature en forme de bouteille. Ils nous examinent toujours à distance, mais ils se retirent devant nous. Ils savent parfaitement le danger qu'ils représentent pour nous.

— Tu veux dire celui que *nous* représentons pour *eux*.

— C'est encore une question de point de vue philosophique, Accutron. Je vois cela de la façon suivante : la masse de leurs vaisseaux est plus importante que la nôtre, donc ce sont eux qui représentent un danger pour nous. Ah, voilà qu'ils s'en vont. Ils accélèrent, Maître.

— Où vont-ils ?

— Ils se dirigent vers la deuxième planète du soleil rouge. Probablement vivent-ils là-bas.

Mspoern s'effraya.

— Et nous qui courons droit vers ce monde ! Je dois changer de cap. Nous ne pouvons pas mettre en péril ses habitants.

Il décéléra et commença une manœuvre d'évitement en virant de trente degrés à bâbord.

— Que fais-tu ? demanda le lobbyhuvos. Ce vecteur nous mène hors du système. Comment les étrangers nous viendront-ils en aide si nous partons ?

— Excuse-moi, mais tu n'as vraiment pas de tête ! le rabroua Accutron. N'as-tu pas remarqué qu'ils fuyaient devant nous ? Ils craignent la réaction explosive lors du contact matière-antimatière. Si nous les suivons, ils considéreront notre attitude comme hostile et nous détruiront.

— Inutile de t'excuser, il n'y a pas d'offense. En outre, tu es nerveux, cela explique ta réponse. De quelle nature, crois-tu, étaient ces deux vaisseaux ? On nous a rapporté l'existence d'unités considérablement plus lourdes. Nous pouvons en déduire qu'il s'agissait seulement d'éclaireurs. Ils retournent à leur base après avoir accompli leur mission. D'autres gens décideront de l'aide à nous apporter.

— À ce moment, nous aurons depuis longtemps quitté le système.

Les antennes du lobbyhuvos s'agitèrent frénétiquement…

— S'ils forcent l'allure, ils nous rattraperont facilement. Notre navire n'atteint pas même la simple vitesse de la lumière. Mais je te propose quelque chose de constructif, qui peut donner un signe aux étrangers : place-toi en orbite autour de la deuxième planète, à distance de sécurité, et adopte une totale passivité. Ils réaliseront que nous ne leur voulons aucun mal. En outre, ils auront ainsi assez de temps pour nous observer et identifier l'assistance dont nous avons besoin.

Accutron Mspoern réfléchit brièvement, puis se positionna en orbite large autour de Krover.

Le lobbyhuvos alla s'asseoir devant l'orgue des sphères et joua un morceau sur lequel il chanta de sa voix mélodieuse. Son corps rayonnait d'une lueur mauve. Il avait étendu deux de ses bras, dont les extrémités se promenaient avec une douceur rassurante sur la peau violette de la tête hémisphérique d'Accutron...

CHAPITRE II

Olympe, deuxième planète de l'étoile de Boscyk, la plus grande plaque tournante de la Galaxie…

L'empereur Anson Argyris s'esclaffa sans retenue de l'histoire drôle que venait de raconter Cracko Vinza, ministre du commerce de la planète Mully. De sa large main, il saisit et arracha une patte d'une appétissante dinde qui trônait sur le plateau d'un robot-serviteur. Il y mordit à pleines dents. Le jus de viande dégoulina sur son menton et sa barbe noire.

Indigné, le robot resta figé sur place. Il avait reçu mission de servir une dinde rôtie au chef de la ligue commerciale d'Oklumah et à sa compagne. Mais une dinde entière !

— Eh bien, quel est le problème ? ricana Argyris. Pourquoi traînes-tu ici, le robot ?

Du dos de sa main poilue, il ramena à ses lèvres quelques miettes de viande, tout en faisait signe au deuxième serviteur mécanique. Il se fit remplir une chope d'un litre de bière. Entre-temps, la première machine était parvenue à une décision. Elle tourna les talons et reprit le chemin de la cuisine. Elle allait probablement commander une nouvelle dinde. Car on ne pouvait raisonnablement pas présenter une volaille entamée à un invité qui pesait des milliards.

Anson Argyris vida d'un trait sa chope, essuya la mousse sur son nez et sa barbe, puis expédia l'os de dinde dans la gueule de l'incinérateur de déchets, à quinze mètres de là.

— Votre blague était excellente, Vinza, déclara-t-il en promenant son regard sur les nombreux invités, qui s'étaient agglutinés en petits groupes.

Des transactions portant sur des montants astronomiques étaient certainement en train de se négocier car l'assistance se composait principalement des directeurs des plus puissantes sociétés d'import-export et des ministres du commerce des planètes les plus importantes. Anson Argyris ne pouvait qu'être satisfait si ses hôtes concluaient des affaires. Cela vivifiait l'économie de la Galaxie, augmentait le bien-être de ses habitants et conduisait automatiquement à une augmentation de leurs désirs, dont la satisfaction ferait grimper vers de nouveaux records les bénéfices de la planète commerciale Olympe.

— J'en connais une autre, répondit Vinza.

Il regarda alentour pour vérifier que personne ne les observait, puis se pencha vers son hôte avec une mine de conspirateur :

— Ce sont deux Xomyloniens qui débarquent sur une planète…

Il s'interrompit en remarquant que l'empereur ne l'écoutait plus.

Argyris prenait en effet connaissance d'un message de sa centrale hypercom. L'information était captée directement par le récepteur intégré à la structure principale du robot, et retransmise à la composante positronique de son cerveau. Personne ne pouvait entendre la communication, pas plus que la réponse qui était donnée.

Le processus ne dura pas plus d'une seconde. Ensuite, l'attention de l'empereur se reporta sur son environnement immédiat. Argyris lut des signes de déception sur le visage de Vinza. Les traits du masque-cocon pseudo-variable dessinèrent un sourire d'excuse, puis l'empereur posa sa main large comme un battoir sur l'épaule de son interlocuteur.

— Pardonnez-moi, mon cher. Loin de moi l'idée de vous négliger mais, ne m'en veuillez pas, une chose importante m'est revenue à l'esprit. Je m'éclipse un instant, Excellence.

Sur ce, il se détourna et gagna l'une des entrées latérales de la salle. Une jeune femme, la fille du ministre arkonide des finances, voulut le retenir par le bras en minaudant. Il l'écarta en murmurant une excuse et poursuivit son chemin.

Une fois sorti, il se mit à courir. Le message était affecté de la priorité la plus haute, et les quelques mots-clés que sa centrale lui avait communiqués semblaient indiquer des événements d'importance capitale. Anson Argyris prit un ascenseur à champ de force pour descendre de dix étages, traversa une vaste salle et pénétra dans l'un de ses nombreux transmetteurs à courte portée. Il se matérialisa dans une autre halle. Quelques secondes plus tard, il entrait dans sa capsule de transport. Alors que le secteur protoplasmique de son cerveau « s'entretenait » avec la partie positronique, un autre circuit de cette dernière émit une séquence d'impulsions qui fut captée par l'ordinateur du véhicule.

Celui-ci se mit en mouvement et glissa en silence sur le champ d'aiguillage à l'éclat sombre. Suivant les hyper-rails choisis, il conduisit Argyris jusqu'au couloir de contrôle qui précédait sa centrale secrète.

La vérification de son identité coûta à l'empereur quelques précieuses secondes, mais cette procédure indispensable constituait pour ainsi dire la dernière ligne de défense contre une intrusion.

Enfin, Anson Argyris déboucha devant l'installation hypercom. Sur l'écran, l'indicatif scintillant de la station au sol fit aussitôt place à l'image d'un officier de la flotte impériale.

La mémoire infaillible du Vario-500 lui rappela tout de suite son nom.

— Colonel Tepper Sockmann, si je ne m'abuse… l'accueillit-il avec un sourire fugitif.

Son interlocuteur sourit en retour. Il se sentait flatté que l'empereur des Libres Marchands l'ait reconnu sans hésitation. Bien entendu, il ne se doutait pas le moins du monde qu'il n'avait pas affaire à une personne en chair et en os, mais à un robot ultrasophistiqué avec masque-cocon biologique. Sockmann salua, puis relata l'explosion survenue dans l'anneau de matière du système de Squirepankin et fit état de la présence d'un navire accalaurie en orbite autour de Krover depuis deux heures.

— Nous supposons avec une probabilité élevée, rapporta-t-il, que le vaisseau-mère a heurté sans protection l'anneau de poussières, pour des raisons encore indéterminées. Le contact de l'antimatière dont il était composé avec la koïnomatière des microparticules spatiales a provoqué une réaction explosive. Il apparaît qu'une seule nef a échappé à la destruction. D'après la télédétection, elle ne dispose pas d'une propulsion interstellaire. Ses occupants n'ont pas envoyé de message hypercom. Nous en concluons qu'ils ont de graves problèmes et s'efforcent de nous le faire comprendre. Je me dis également que ce pourrait être là une occasion de nouer le premier contact avec les Accalauries…

C'est caractéristique des humains, formula l'unité d'évaluation d'Anson Argyris. *Ils bâtissent de grands espoirs sur des prémisses extrêmement minces.*

Il était vrai que depuis la découverte de l'ynkélonium, l'état-major scientifique de Rhodan travaillait activement sur la possibilité d'établir des relations directes et sûres avec les Accalauries. Mais de cela, Tepper Sockmann ignorait tout.

— Je vous remercie, colonel, répondit le souverain d'Olympe. Poursuivez vos observations et essayez, sans précipitation, d'établir une liaison hypercom avec les occupants de ce navire. Si vous y parvenez, annoncez-leur via les translateurs que nous sommes disposés à les aider. Pour le reste, ne prenez aucune initiative.

Tepper Sockmann s'empressa d'acquiescer.

Argyris mit un terme abrupt à l'entretien. Il pressentait que chaque seconde pouvait compter car nul ne savait combien de temps les réserves d'anti-oxygène et d'anti-denrées alimentaires dureraient. Les étrangers étaient incapables de respirer des koïnomolécules gazeuses : avant même la première inhalation, ils s'anéantiraient dans une terrible explosion.

Le Vario-500 savait que le Lord-Amiral Atlan se trouvait sur Olympe, mais que son départ était imminent. Peut-être avait-il encore le temps de le joindre. Son secteur protoplasmique exulta quand l'Arkonide s'annonça quelques instants après sur l'intercom. Il avait déjà embarqué à bord de l'*Imperator* et cinq minutes plus tard, il aurait été loin dans l'espace.

Atlan resta impassible en prenant connaissance du message.

— Je répercute immédiatement ces informations à l'endroit *ad hoc*.

Par « endroit *ad hoc* », il entendait le Stellarque Perry Rhodan, que la plus grande partie de la population galactique croyait mort.

— Veuillez lui transmettre mes cordiales salutations ! lança Argyris avant qu'Atlan ne coupe la communication.

L'expression « cordiales salutations » était tout à fait sincère, même si le robot ne possédait pas de cœur au sens organique du terme. Mais son secteur protoplasmique pensait et éprouvait des sentiments comme une personne de chair et de sang, et il ressentait pour Rhodan une réelle amitié.

*
* *

Dans le Système Solaire, Perry Rhodan reçut le message d'Atlan par capsule hypervidéo. Celle-ci était passée du continuum espace-temps standard à un futur non encore réalisé, et ce en quelques secondes, via le grand transmetteur d'Olympe, le seuil temporel et le chronosas. Elle avait été récupérée à la station d'hypercommunication Transterrania au-dessus de Mercure, et son contenu aussitôt relayé au bureau du Stellarque.

Après en avoir pris connaissance, Perry confia la direction d'une conférence économique à son ami et adjoint Reginald Bull. Il appela le colonel Elas Korom-Khan, le commandant de l'*Intersolaire*, pour demander une *Gazelle*. L'officier lui assura qu'il envoyait immédiatement un véhicule qui l'attendrait sur une petite plate-forme à l'Administration Centrale.

Dix minutes plus tard, Perry Rhodan montait à bord.

Le lieutenant Goshe Marun, dépêché de l'*Intersolaire*, lui adressa un sourire détendu.

— Direction Callisto, astroport de la Direction de la Recherche Solaire ! ordonna le passager en se laissant tomber dans un siège-contour et en bouclant sa ceinture.

— Chez les crânes d'œuf ? C'est parti, Monsieur ! confirma le pilote.

Il posa les mains sur les commandes. Le navire discoïdal, qui planait avec légèreté sur la colonne scintillante du champ répulsif, fut saisi par les catapultes magnétiques du dispositif de lancement et expédié en altitude sans devoir utiliser ses propulseurs à impulsions. Un décollage en plein centre de la mégalopole de Terrania n'eût pas été possible autrement.

Perry ne put admirer que quelques secondes la capitale solaire. Après l'attaque des Dolans, près de mille ans plus tôt, une Terrania entièrement nouvelle était née, plus concentrée, plus fonctionnelle, plus grande, en un mot : plus resplendissante qu'avant.

Rhodan s'appuya contre le dossier de son siège en soupirant. Il ferma les yeux en écoutant les pulsations de son activateur cellulaire et essaya de faire le vide dans son esprit.

C'était impossible.

Trop de questions assaillaient continuellement le chef du gouvernement de l'Humanité solaire, le sollicitaient corps et âme. Il se présentait sans cesse de nouveaux problèmes auxquels il fallait s'attaquer. Et beaucoup restaient en souffrance parce que d'autres plus importants requéraient l'attention du Terrien immortel.

— Monsieur, lui déclara tranquillement Goshe Marun, vous devriez prendre le temps, un jour, de vous relaxer vraiment. Ne m'en veuillez pas de vous dire cela.

— Il n'y a pas de mal, lieutenant.

Rhodan ouvrit les yeux et sourit au pilote. La peau noire de son visage aux traits nobles luisait comme de l'ébène poli, et il posait sur son chef un regard empreint de sollicitude et de bonté.

Impensable, songea le Stellarque, *qu'il y ait eu jadis tant d'hommes pour mépriser et opprimer d'autres hommes à cause de la couleur de leur peau* !

Non, pas impensable, poursuivit-il *in petto. Aujourd'hui encore, les gens se combattent à cause de ce qui les distingue les uns des autres. Peut-être n'est-ce plus la couleur de la peau, mais les convictions politiques, les modèles sociaux ou tout simplement l'attrait et la soif de pouvoir ont pris le relais.*

L'humanité solaire ne doit pas retomber dans ses erreurs passées, résolut-il.

Car le danger existait bel et bien : les Accalauries différaient des humains bien plus fondamentalement que, jusqu'à présent, les hommes ou les groupes d'origine humaine entre eux. Cela ne tenait nullement à leur apparence extérieure – aujourd'hui, aucune créature civilisée n'en jugeait une autre sur cette base. Le motif était encore plus élémentaire : les Accalauries se composaient d'antimatière, dont la rencontre avec la koïnomatière provoquait une annihilation pure et simple. Aucun organisme de nature ordinaire, humain ou autre, ne pourrait jamais toucher de la main la peau d'un Accalaurie sans libérer une quantité d'énergie qui détruirait toute vie à des kilomètres à la ronde. Dans la panique que pouvait causer ce danger, on courait le risque de voir se propager le mot d'ordre « un bon Accalaurie est un Accalaurie mort »…

— Oui, il faudrait un jour que je me détende réellement, répondit Rhodan à son pilote. Mais savez-vous ce qui se passerait alors… ?

Le lieutenant Goshe Marun fronça les sourcils.

— Eh bien, je ne crois pas que l'Univers s'écroulerait, même si, naturellement, quelqu'un comme vous n'est pas remplaçable.

Le Stellarque eut un rire sec.

— Ce n'est pas ce que je veux dire, lieutenant. Je serais fou de… (Il hocha la tête avec résignation.) Peut-être ai-je eu l'occasion de me reposer une fois en cent ans, voire en mille. Et je ne pense pas que les problèmes étaient moins importants alors qu'aujourd'hui.

Il se pencha en avant et brancha l'hypercom, tout en se tournant vers Marun avec un sourire :

— Pour un peu, j'aurais oublié pourquoi je n'utilise pas un transmetteur mais un vaisseau, un vrai tortillard en comparaison. (Le lieutenant eut l'air surpris en entendant ce terme qui datait de l'antique époque des trains à vapeur.) Ah, ces mesures de sécurité ! Liaison avec Callisto, D.R.S., code du Premier Sénateur Scientifique Waringer !

— Tout de suite, Monsieur ! répondit le secteur communication de l'ordinateur de bord.

L'écran holovidéo s'éclaira et afficha un symbole coloré. Celui-ci fit rapidement place à l'image du professeur Geoffry Abel Waringer, l'hyperphysicien de génie, Premier Sénateur Scientifique de l'Empire et époux – aujourd'hui veuf – de Suzan, la défunte fille de Rhodan.

— Ah, c'est toi, Perry ! se réjouit son gendre.

Le Stellarque nota que Geoffry avait l'air épuisé. Il n'avait probablement plus dormi correctement depuis des semaines. Un porteur d'activateur pouvait se le permettre sans craquer physiquement. Mais il ne pouvait sans dommages puiser de la même façon dans ses ressources mentales.

Rhodan s'abstint de lui en faire la remarque. Lui-même n'allait-il pas, sur ce plan, beaucoup plus loin que Waringer... ?

— Comment avancent les choses avec l'équipement du *Rolin*, Geoffry ? Les difficultés avec le revêtement d'ynkélonium sont-elles résolues ?

Depuis plus de trois mois en effet, les spécialistes de la Recherche Solaire sur Callisto avaient travaillé à la production non seulement d'alliages d'ynkélonium, mais avant tout de métal pur. Cette étape était bouclée. Ensuite, ils avaient mis au point un procédé qui permettait l'application d'une couche d'ynkélonium par trempage catalysé à froid. Le terme « à froid » était d'ailleurs très relatif. Cependant, on avait réussi à abaisser la température du bain catalytique à des valeurs qui rendaient possible le revêtement non seulement de la coque de terkonite d'un vaisseau, mais aussi des tenues spatiales et des vêtements protecteurs. La difficulté majeure et presque insoluble résidait dans la mauvaise adhérence du nouvel élément au matériau souple des spatiandres.

Le professeur Waringer étrécit les yeux.

— Alors, Perry, il paraît que l'on est parvenu à prendre contact avec les Accalauries... ? demanda-t-il lentement.

— Pas tout à fait, répondit Rhodan avec impatience.

En quelques mots précis, il résuma la situation dans le système de Squirepankin, puis il réitéra sa question.

Le regard du savant s'éclaira.

— J'ai une bonne surprise, Perry : nous avons terminé !

Le Stellarque poussa un soupir de soulagement. Dans la demi-heure qui suivit, il s'entretint avec plusieurs autres scientifiques et techniciens, eut une brève conversation avec le patron des équipes de cosmopsychologues de Callisto et ordonna au commandant du *Rolin* de faire parer le navire au départ.

Quand il éteignit l'hypercom, le lieutenant Marun se préparait à atterrir sur la lune de Jupiter.

*
* *

— Jusqu'ici, ils n'ont encore rien entrepris pour nous aider, déplora Accutron Mspoern.

Le lobbyhuvos, qui fredonnait l'Hymne à l'Arbre du poète Cyclopid Nuuns, s'interrompit.

— À l'aune de la durée de vie de l'Univers, aucun temps mesurable ne s'est écoulé, Maître. Dompte ton impatience et plonge ton regard en toi, là où brille le reflet de l'éternité.

— Qu'est-ce que c'est que ces bêtises ? Tu te moques de moi ?

— N'oublie pas que je suis un insensé et un farceur, répliqua le lobbyhuvos.

Mspoern émit quelques sons qui ressemblaient de loin, de très loin, à un rire humain.

Le circuit logique du robot évalua, d'après cette réaction, que sa tactique psychologique serait couronnée de succès. Aussi poursuivit-il dans cette voie.

— Puis-je continuer à te chanter l'Hymne à l'Arbre, Accutron ?

— Si cela peut t'apaiser, je t'en prie.

Le lobbyhuvos activa le secteur artistique de sa mémoire et reprit l'œuvre là où il l'avait laissée.

— Grand Nuage, toi qui durant des éons as collecté

la force de l'Univers, toi qui t'es fondu dans les scories de la création, à toi le Grand Arbre est redevable de sa vie. Car ta force anime le temps et l'espace, et tisse le champ indestructible d'où nous sommes issus, où nous vivons et où nous retournons, dans le cycle éternel…

Mspoern leva la main.

— Finalement, je n'ai pas envie d'entendre le mythe de la création de l'Arbre selon Nuuns, mon ami. Chante-moi une chanson simple, une de celles que les feuilles entonnent quand elles s'aventurent dans l'infini.

— Comme tu l'ordonnes, Maître, répondit le lobbyhuvos sur un ton apparemment offensé.

Il chanta un air que personnellement – si tant est que l'on puisse lui attribuer une personnalité – il n'appréciait pas, car trop terre à terre et trop sentimental. Accutron, au contraire, se laissa emporter par la vague d'émotions et oublia pour un court moment sa situation critique. Il revit encore les adieux à l'Arbre, le voyage vers cette galaxie et la recherche…

Le lobbyhuvos se tut soudain.

Accutron Mspoern s'effraya.

— Que se passe-t-il ? (Son regard tomba sur les résultats de la détection.) Un grand vaisseau ! On nous attaque !

Ses mains se tendirent vers les commandes.

— Doucement, Maître ! le retint son compagnon. Jusqu'à maintenant, on ne s'en est pas pris à nous bien que nous orbitions depuis assez longtemps autour de cette planète. Or, il se trouve là en bas des nefs qui pourraient nous détruire facilement. Pourquoi un nouveau navire représenterait-il un danger ?

— Celui-ci est plus grand que les précédents et il

ne vient pas de ce système mais de l'extérieur. Les habitants de la planète l'ont peut-être appelé au secours parce qu'ils ont peur de nous.

Une fois encore, il voulut réactiver la propulsion.

— Ne fais pas cela ! De toute façon, nous sommes trop lents pour pouvoir nous échapper. Tu sais ce que je pense : les habitants ont appelé ce vaisseau pour que son équipage nous sauve.

Peu à peu, Mspoern reprit son calme. Il admit que le lobbyhuvos avait raison. Naufragé dans un univers d'antimatière, il ne pouvait rien faire de plus que laisser venir à lui les événements.

*
* *

Le *Rolin* émergea dans le continuum einsteinien à onze mille années-lumière des coordonnées spatiales du Système Fantôme. Sur l'estrade de commandement, Perry Rhodan et Geoffry Waringer examinaient le secteur affiché sur la galerie panoramique. Par le travers brillait une étoile rouge. Son éclat illuminait le vaste anneau périphérique de micromatière, malgré son éloignement important. Les détecteurs superposèrent les positions des trois planètes et, plus loin, du vaste anneau de micromatière.

— Focalisez sur Krover ! ordonna le capitaine Naïen Dengol Chasara.

Mince, d'une taille de deux mètres quatre, Chasara avait un front haut sous un crâne dégarni. Il était non seulement commandant du navire expérimental *Rolin*, mais aussi docteur en cosmologie et professeur à l'Université de Terrania. Ses travaux lui avaient en outre valu le très convoité Prix Tholeta.

L'image du secteur stellaire fut remplacée par celle

d'un globe à la surface à peine voilée par quelques champs nuageux.

— Là ! s'exclama Waringer en serrant sans s'en rendre compte le bras de Rhodan.

Le Stellarque sourit distraitement. Il se concentrait sur le point clignotant qui décrivait une orbite large autour de Krover. C'était évidemment un artifice dans la transmission optique. L'ordinateur matérialisait la position du navire accalaurie sur la base des données de la détection. L'image réelle de l'objet étranger n'apparut que quelques secondes plus tard sous la forme d'un modèle tridimensionnel élaboré par la section spécialisée. Il s'agissait d'un véhicule discoïdal d'un diamètre de quinze mètres, sur huit de hauteur maximale. Les détails étaient estompés car le champ de neutralisation absorbait ou réfléchissait certaines longueurs d'ondes.

— Bien, nous y voilà, dit Rhodan, pensif. Capitaine, approchez-vous sur un vecteur qui l'évite de plusieurs degrés. Inutile de l'effrayer avec une trajectoire de collision.

— Tout à fait d'accord, Monsieur. Vous pouvez me faire confiance, répondit Naïen Dengol Chasara en découvrant son impeccable dentition au reflet nacré.

Perry ne fit pas écho à son sourire. Il n'attendait pas de confirmation de son ordre et avait déjà activé son microcom de poignet pour contacter le cosmopsychologue en chef.

— J'écoute, Monsieur, résonna la voix claire du docteur Meng Tse.

— Veuillez vous présenter d'urgence au centralcom. Nous allons essayer d'appeler l'Accalaurie.

Rhodan se tourna vers son gendre.

— Tu viens ?

Waringer se contenta de serrer les lèvres.

Quelle question ! pensa-t-il.

Sur le chemin de la centrale radio, Perry essaya d'imaginer la réaction de l'Accalaurie. Cette créature d'antimatière admettrait-elle que des humains veuillent l'aider, et plus encore, puissent l'aider ?

Chaque fois que l'occasion s'était offerte dans les derniers mois, il avait débattu de la question avec les cosmopsychologues, et aussi avec Atlan et Anson Argyris. Les cerveaux P spéciaux de la Direction de la Recherche y avaient également travaillé.

Les résultats n'avaient pas été concluants, ni même cohérents.

Les ordinateurs se demandaient si, du peu d'informations dont les hommes disposaient sur les Accalauries, on pouvait déduire qu'eux aussi en savaient peu sur l'Humanité.

Le Lord-Amiral Atlan avait, lui, affirmé qu'au regard de l'incident sur la planète Maverick, où des Prospecteurs avaient ouvert le feu sur les Antimatériels qui avaient débarqué, ces derniers pourraient avoir classifié l'espèce humaine comme agressive ou guidée par l'instinct.

Rhodan excluait cette dernière hypothèse. Si l'on faisait abstraction des Prospecteurs tués, ce premier face à face entre humains et Accalauries s'était plutôt bien passé. Après que le patriarche Derbolav de Grazia eut cessé unilatéralement les hostilités, les étrangers avaient adopté la même attitude. L'un d'eux avait ensuite, par gestes, fait comprendre au chef des Prospecteurs qu'ils avaient d'urgence besoin d'ynkélonium comme agent neutralisant. L'Accalaurie avait saisi, d'une main non protégée, un caillou de minerai sans que se produise la réaction explosive redoutée.

C'est ainsi que l'on avait découvert cette extraordinaire propriété de l'ynkélonium. Non seulement il ne réagissait pas avec l'antimatière, mais dans son voisinage, les réactions entre koïno- et antimatière étaient inhibées.

Perry Rhodan avait bien évidemment fait exploiter ce constat et évaluer ses implications. Le navire expérimental *Rolin* représentait l'un des résultats de ces cogitations. Construit à partir de la cellule principale d'un croiseur de bataille terranien, il mesurait cinq cents mètres au niveau du bourrelet équatorial. Son aspect extérieur montrait néanmoins une différence notable avec tous les autres vaisseaux de ce type : sa coque brillait du rouge rubis caractéristique de l'ynkélonium dont elle était entièrement recouverte. Ainsi protégée, la nef aurait pu voler sans courir le moindre danger au sein d'un nuage d'antimatière.

Le revêtement spécial avait été surnommé « manteau de Maverick ». Quelqu'un avait trouvé l'allitération plaisante, et comme souvent dans ce cas, la désignation scientifique trop complexe avait cédé la place dans les mémoires à l'appellation moins rigoureuse mais plus imagée.

On appelait aussi manteau de Maverick les couches ultraminces dont avaient été recouverts un grand nombre de spatiandres à bord. Grâce à un prétraitement du sel d'ynkélonium, les tenues ne prenaient pas la rigidité d'une cuirasse comme on l'avait craint au départ, mais conservaient leur élasticité à l'issue de la galvanoplastie. Avec ce nouveau procédé, il était possible de couvrir d'ynkélonium un spatiandre, une combinaison standard ou n'importe quoi d'autre. De plus, le grand hangar à matériel du *Rolin* recelait maintenant une installation de galvanisation propre à traiter des objets de taille respectable.

Le docteur Meng Tse arriva au centralcom sur les talons de Rhodan. Au premier abord, le cosmopsychologue avait l'allure d'un gnome au corps maigre et fragile, avec un crâne extraordinairement large. Mais quiconque croisait son regard se trouvait aussitôt sous l'influence de sa puissante personnalité.

Entre-temps, on avait branché le tricommunicateur, sur lequel s'était couplée la positronique de bord, afin que les éléments du langage des Accalauries soient immédiatement analysés. Le premier contact oral avec des intelligences étrangères était toujours assez délicat.

— Professeur, approuvez-vous que je transmette aussi mon image ? demanda Rhodan à Meng Tse.

Le cosmopsychologue lui adressa un sourire encourageant.

— Les Accalauries connaissent la forme de nos navires, Monsieur, et ils savent certainement à quoi ressemblent les Humains. Puisque les rencontres précédentes ont été relativement pacifiques, cela ne peut qu'être avantageux si l'équipage de ce vaisseau vous identifie comme étant un humain.

Le Stellarque hocha la tête puis s'approcha de l'optique du tricom. Les autres hommes sortirent du champ afin que les Accalauries ne voient que Rhodan. Enfin, l'opérateur commuta l'appareil sur émission.

Perry commença à parler bien qu'il ne sache pas si les Accalauries pouvaient l'entendre et le voir. Il supposait toutefois qu'ils captaient au moins sa voix et essaieraient de décrypter sa langue.

Après dix minutes, le docteur Meng Tse leva la main. Tout bas, il glissa :

— Je pense que cela suffit pour l'instant, Monsieur.

Si vous faites silence, ils devraient comprendre que la balle est dans leur camp.

Rhodan se tut donc. De toute façon, il ne voyait plus trop qu'ajouter. Quand on ignore si quelqu'un est à l'écoute de l'autre côté, le subconscient forme rapidement une barrière psychologique au niveau du centre de la parole.

Les minutes s'écoulèrent dans un silence tendu.

Soudain, l'holocube s'illumina. Perry Rhodan retint sa respiration, et même l'inébranlable Meng Tse eut besoin de plusieurs secondes pour reprendre une contenance.

Personne ne s'attendait à une telle vision. Rhodan retrouva rapidement un calme apparent. Son visage se figea en un masque impénétrable mais, dans sa tête, les pensées se bousculaient.

Le prospecteur Derbolav de Grazia et son compagnon avaient fourni des descriptions précises de l'apparence physique des Accalauries. Certes, les deux hommes avaient vu un seul des étrangers sans écran protecteur et ensaché dans un spatiandre, mais pour quelqu'un de l'expérience de Rhodan, cela ne représentait pas une différence essentielle.

Ce n'était pas l'Accalaurie qui avait ainsi décontenancé les gens du centralcom, mais une créature d'un violet fluorescent en forme de bouteille renflée, au cou très mince terminé par une tête ronde d'une dizaine de centimètres de diamètre. Elle fixait les Terraniens de ses deux organes visuels protubérants, à la lueur rougeâtre. Quand elle tourna brièvement la tête, tous purent voir qu'elle portait à l'opposé une seconde paire d'« yeux ». De cet appendice sphérique s'étiraient encore plusieurs pédoncules filiformes semblables à des antennes. La curieuse apparition reposait sur quatre fines pattes aux extrémités aplaties. À la base du cou s'inséraient six bras diversement conformés.

Perchée sur ce qui était probablement le siège du pilote, l'étrange créature semblait discuter avec l'Accalaurie car l'ouverture qui fendait sa figure remuait constamment, les « lèvres » s'ouvrant tantôt en entonnoir, tantôt s'arrondissant comme pour un baiser. En même temps, l'être pétrissait d'une main le corps convexe de son compagnon, à travers sa tenue protectrice argentée. L'Antimatériel avait sorti un peu sa tête sphérique de sa cavité céphalique. Il avait réglé la prise de vue de son système de transmission vidéo de telle sorte que l'image montrait ses quatre yeux proéminents mais pas son orifice buccal. Pourtant, Perry Rhodan sut immédiatement que l'Accalaurie parlait car ses mains déliées battaient l'air dans ce qui ne pouvait être que des gestes éloquents.

Pourtant, aucun son ne sortait du translateur.

Le Stellarque interrogea du regard le responsable des communications. L'officier répondit d'un haussement de sourcils et d'une moue dubitative. Il se concentrait sur ses écouteurs en déplaçant un curseur.

Soudain, son visage s'éclaira.

— Des ultrasons, Monsieur ! La fréquence du langage accalaurie se situe autour des 50 kilohertz. Il va falloir ajuster le translateur en conséquence.

Perry ressentit, sans rien en laisser paraître, une légère déception. Ils avaient été quelque peu présomptueux en imaginant que la voix des étrangers couvrirait la même gamme d'ondes que celle des humains. Puis il tempéra sa sévérité. Cette erreur ne venait-elle pas précisément de ce qu'il considérait déjà ces étrangers comme des frères cosmiques ?

Inconsciemment, il sourit.

La « bouteille » dut considérer cela comme un signe positif car, dans le champ d'acquisition optique, on la vit fléchir ses quatre pattes et exécuter un saut d'un mètre de haut, puis agiter les membres et grimacer de sa bouche largement fendue l'équivalent d'un sourire humain.

Rhodan leva la main.

— Ne perdons pas de temps. Le psycho-visualisateur !

L'officier des communications appuya sur une touche. Avec un léger bourdonnement, le casque spécial vint coiffer le crâne du Stellarque et les contacts métalliques se pressèrent contre son cuir chevelu. Le témoin d'acquisition d'images s'éteignit, car c'était désormais les visualisations issues du psycho-émetteur selon les concepts pensés par son utilisateur qui seraient converties en modèles 3D et envoyées vers le système de réception de l'Accalaurie.

Perry ferma les yeux et rassembla ses idées. La réalité se dilua dans un brouillard gris pour faire place, dans son esprit, à des processus et à des images virtuelles.

Il créa d'abord un vaisseau discoïdal figurant l'Accalaurie. Il esquissa un nuage de poussières spatiales et en approcha la première icône, puis il représenta une puissante explosion photonique. Il revint à la situation initiale et fit cette fois se mouvoir plusieurs fois le disque à travers le nuage, sans dommages. Il essayait ainsi de communiquer à son correspondant la notion d'antimatière.

Rhodan dessina sur ce schéma un modèle de nef sphérique, de couleur rouge rubis, comme le *Rolin*. Il fit alors traverser et retraverser à cette deuxième icône la même nébulosité, sans que rien ne se passe, exprimant par là la protection du vaisseau expérimental terranien.

Enfin, il montra les deux navires côte à côte, et le petit disque de l'Accalaurie se dirigeant lentement vers le *Rolin*. Le grand hangar de ce dernier s'ouvrit, rayonnant de la même teinte rubis que le revêtement externe. Le disque plana à l'intérieur et se posa, sans que se produise la terrible réaction explosive.

Perry poursuivit avec une représentation de lui-même dans une tenue spatiale rubis. Il marchait vers le disque et touchait de la main la coque d'antimatière.

Il remarqua alors que sa concentration commençait à faiblir. Il aurait voulu transmettre bien d'autres choses encore, mais il dut se contenter de symboliser le vaisseau discoïdal couvert d'une couche rouge et l'Accalaurie dans un spatiandre de la même couleur.

À nouveau, le Stellarque leva la main.

La coiffe d'interface se détacha de son crâne, et il pressa les doigts sur ses tempes. Tout son corps était baigné de sueur.

Il entendit un sifflement.

Clignant des paupières, il distingua le pistolet à injection que tenait la main de Meng Tse.

— Vous en aviez besoin, Monsieur, expliqua le cosmopsychologue.

Perry Rhodan esquissa un sourire.

— Merci. Je me sens déjà mieux. Comment ont réagi l'Accalaurie et son compagnon ?

— Assez différemment, répondit Meng Tse, une expression rêveuse peinte sur le visage. Je me demande quelle relation unit ces deux-là. Je dirais que l'espèce de bouteille veut convaincre l'Antimatériel d'accepter notre proposition d'aide, mais ce dernier ne semble pas témoigner une grande confiance en nos capacités.

Le centralcom s'emplit soudain d'une étrange mélopée.

Les deux hommes sursautèrent.

Perry Rhodan se retourna vers le chef opérateur :

— Qu'est-ce que c'est que ça ? Vous croyez que c'est le moment de passer de la musique ?

L'interpellé, un lieutenant aux cheveux gris, gloussa.

— Monsieur, nous assistons au premier concert *live* offert par un navire d'antimatière dans le koïno-univers !

Il semblait très satisfait de son trait d'humour.

— Chut ! souffla Meng Tse en posant l'index sur ses lèvres. Ne parlez pas ! Si l'anti-son rencontre du koïno-son…

Personne ne tomba dans le panneau. Les hommes éclatèrent de rire. Le cosmopsychologue avait désamorcé la tension.

Le Stellarque fut le premier à reprendre son sérieux. Il s'adressa derechef au responsable des communications.

— Ils ont donc trouvé une grille de conversion de leurs ultrasons en fréquences compatibles avec l'ouïe humaine ?

Le lieutenant hocha affirmativement la tête.

— Malheureusement, tempéra-t-il, la positronique dispose encore de trop peu d'informations pour réaliser une traduction acceptable. Il faudra patienter.

— L'Accalaurie en est peut-être au même point, réfléchit Rhodan à haute voix.

— Peut-être devrions-nous l'occuper pendant ce temps… suggéra Meng Tse. Pourquoi pas de la musique douce ?

— J'ai ici un cristal avec un enregistrement de Mozart, Monsieur ! déclara un technicien. Il commence par *La petite musique de nuit*. Qu'en dites-vous ? Au moins, c'est de la qualité !

— Du Mozart ultrasonique… Wolfgang Amadeus

va se retourner dans sa tombe ! commenta abruptement le responsable du centralcom.

— Essayez malgré tout, ordonna Rhodan avec un sourire. Je suis certain que s'il était présent, le génie de Salzbourg n'aurait aucune objection.

Sans transition, il redevint sérieux.

L'humour était nécessaire pour détendre l'atmosphère, mais il ne fallait pas en abuser car en l'occurrence, l'enjeu de la partie était la compréhension avec les représentants d'une autre civilisation. De l'issue de cette crise dépendrait que l'Humanité doive endurer de nouvelles guerres ou se gagne un allié puissant.

Dans l'intervalle, les techniciens des communications s'affairaient sur le modulateur de fréquence et le translateur. Dans le cube holovidéo, l'Accalaurie et son compagnon en forme de bouteille discutaient. Rhodan nota que Meng Tse observait attentivement la scène. Probablement le cosmopsychologue s'efforçait-il de déduire des gestes des étrangers leur position hiérarchique. Le Stellarque quitta le centralcom au son de *La petite musique de nuit* et se rendit au poste de commandement.

— Il est paradoxal, commenta-t-il à l'adresse de Naïen Chasara, qu'une personne qui ne pouvait pas même concevoir l'idée de navigation spatiale contribue aujourd'hui au rapprochement entre les humains et ces étrangers d'outre-univers…

Le capitaine, qui avait suivi d'un œil la tentative de contact menée depuis le centralcom, tourna vers Rhodan ses yeux noirs et perçants où brillait un éclat particulier.

— Tous ceux qui ont vécu jusqu'à ce jour y ont contribué à leur manière, Monsieur, répliqua-t-il d'une voix sourde. Depuis les hommes de l'âge de pierre et même avant. Notre Terre, le Soleil, l'air, l'eau, les plantes et les animaux aussi, car sans notre environnement, nous ne serions pas devenus ce que nous sommes aujourd'hui.

Rhodan s'étonna de la sagesse profonde qu'exprimait la réponse du commandant. Jusqu'alors, il ne connaissait Chasara que comme un logicien de talent et un excellent émo-astronaute.

Mais, songea-t-il, *nos échanges se sont limités au domaine technique et non philosophique ou social.*

Cette réflexion lui serra un peu le cœur parce qu'elle lui rappelait, une fois de plus, que tout immortel qu'il soit, il ne trouverait jamais assez de temps pour faire plus ample connaissance avec les gens qui croisaient sa route. Quelles richesses humaines ne perdait-il pas ainsi, irrémédiablement ?

Péniblement, il s'arracha à ses pensées.

— Quelle distance nous sépare encore du vaisseau discoïdal, capitaine ? s'enquit-il d'un ton qui ne trahissait rien de ses méditations.

— Un million et demi de kilomètres, Monsieur. Je vais décrire un cercle autour de lui. Il se comporte tout à fait passivement. (Il toussota.) Alors, il vous a joué sa musique… Au fait, il est question d'un seul Accalaurie ?

— Nous n'en avons vu qu'un pour l'instant. Et ce n'est pas lui qui a diffusé cet air, mais son compagnon en forme de bouteille. Si tout se passe bien, vous les verrez bientôt de vos propres yeux, capitaine.

Il haussa les sourcils en entendant le signal d'appel de l'intercom. Le visage de Meng Tse s'inscrivit sur le petit écran. Le cosmopsychologue rayonnait.

— Nous avons réussi, Monsieur ! Le contact est établi !

CHAPITRE III

— … vous très dangereux, crachait la voix synthétique du translateur quand Perry Rhodan pénétra dans le centralcom. Vous de et dans antimatière, nous de matière normale. Deux ensemble morts.

— Il croit venir d'un monde de koïnomatière et nous considère comme de l'antimatière, Monsieur, murmura le chef opérateur.

— C'est tout à fait naturel, commenta Rhodan. Chacun applique des critères personnels, à soi-même ou à l'environnement. L'expression « antimatière » est relative, comme beaucoup de choses dans l'univers.

Le docteur Meng Tse, qui n'avait pas prêté attention à l'entretien, céda en silence sa place au Stellarque.

Celui-ci regarda droit dans l'optique d'acquisition d'image, posa une main sur sa poitrine et prononça :

— Perry Rhodan !

Aussitôt, l'Accalaurie répéta le geste.

— Accutron Mspoern ! transmit le dispositif de traduction.

La créature pointa ensuite une de ses mains vers son compagnon.

— Lobbyhuvos.

Rhodan inclina légèrement la tête.

— Vous avez des problèmes, Accutron Mspoern.

Nous pouvons vous aider. Avez-vous compris mes images mentales ?

— Compris… ? Penser oui. Vous vraiment protection assez pour vous et pour moi ?

— Nous savons que la protection suffit, Accutron Mspoern. L'ynkélonium est un élément qui n'existe pas dans votre anti-monde. Il ne réagit pas avec l'antimatière, mais de plus, il présente un effet inhibiteur. Nous avons complètement recouvert un grand hangar d'ynkélonium et si vous venez, nous traiterons de la même manière vos tenues spatiales.

— Il me convainc, Accutron.

Le translateur avait énoncé cette phrase avec un timbre différent. Cela suggérait que l'interlocuteur avait changé. C'était donc l'être désigné par le nom de Lobbyhuvos qui devait avoir parlé.

— Toutefois, Rhodan confond les notions, poursuivit-il. Pas nous composés d'antimatière, mais lui.

— Étonnant, chuchota Meng Tse. On dirait que ce Lobbyhuvos est intellectuellement supérieur à l'Accalaurie. Pourtant, c'est Accutron qui semble détenir le commandement.

La même idée avait frappé Perry, mais il n'eut pas l'occasion de répondre au psychologue car Mspoern avait repris la parole.

— C'est naturel, expliquait-il à son compagnon. Critères personnels pour mesurer différent.

— C'est exact, appuya le Stellarque en entendant quasiment répéter ses propres mots d'il y a quelques minutes. Pourtant, je vous serais reconnaissant d'accepter nos références. Sinon, il risque de se produire beaucoup de malentendus dans nos échanges.

— J'examine la question.

Parallèlement à l'entretien, la positronique progressait

sensiblement dans la compréhension de la langue étrangère, car la syntaxe ne cessait de s'améliorer.

— Que pensez-vous de ma proposition ? insista Rhodan.

Il consulta à la dérobée l'horloge de bord. Si, pour l'heure, trouver un terrain d'entente avec l'Accalaurie était sans aucun doute sa tâche la plus importante, une quantité d'autres, tout aussi urgentes, réclamaient son attention voire son intervention. Après la disparition du Système Solaire dans l'avenir, on avait escompté une longue période de calme et de sécurité, mais cela n'avait été que chimères vite balayées par les réalités quotidiennes. La survie de l'humanité solaire exigeait une lutte de tous les instants.

— J'accepte votre proposition, Rhodan, répondit Accutron Mspoern. Quel autre choix ai-je ?

— Nous ne vous y contraignons pas…

— Non, ce n'est pas ce que je signifie. C'est seulement ainsi que nous aurons une occasion d'échanger des informations entre nos civilisations.

— En effet, approuva le docteur Meng Tse.

— Mais vous ne devez prendre aucun risque.

— Rassurez-vous : pas plus que vous nous n'avons envie de mourir, Accutron Mspoern, certifia Rhodan. N'ayez aucun souci, nous ferons extrêmement attention. Veillez à conserver une attitude totalement passive. Pas d'accélération ni de décélération, pas d'antigrav. Nous allons capturer votre navire avec un rayon tracteur. Vous devrez couper votre écran neutralisateur, mais seulement quand nous serons à proximité immédiate.

Durant la manœuvre d'approche, Perry put observer à loisir le comportement de l'Accalaurie et de son compagnon. De plus en plus, ils apparaissaient comme un curieux duo. Les deux créatures semblaient se trouver sur un pied d'égalité bien que, selon le translateur, Accutron Mspoern eût plusieurs fois traité Lobbyhuvos de « fou » et que ce dernier s'adressât à lui avec un vocable traduit par « Maître ». Ce terme sonnait d'ailleurs avec moins de respect que d'ironie.

Les deux êtres s'opposaient nettement vis-à-vis de l'accostage prochain. Alors que Mspoern tremblait manifestement de peur, Lobbyhuvos faisait montre d'un optimisme résolument impavide.

Au bout d'une demi-heure, le moment arriva. Perry Rhodan, le docteur Meng Tse et cinq techniciens attendirent dans l'antichambre du grand hangar revêtus d'ynkélonium pendant que le disque de l'Accalaurie y était guidé par les rayons tracteurs.

Sur un écran, le Stellarque suivait l'ouverture du bassin de galvanoplastie. Les lieux avaient été aménagés de manière fonctionnelle car après la première phase du travail, c'était là que se déroulerait le contact proprement dit.

Rhodan prit quelques profondes respirations afin de calmer les battements emballés de son cœur. Les vantaux se refermèrent automatiquement derrière la petite nef. Celle-ci, soutenue par des champs de contention, fut lentement introduite dans le bassin. La solution électrolytique se déversa autour d'elle. La chaloupe accalaurie fut ensuite connectée au pôle négatif de la source d'électricité. Elle jouait maintenant le rôle de cathode. C'était cette opération qui présentait le maximum de danger, car bien que toutes les pièces du dispositif de galvanisation fussent elles-mêmes ynkéloniées, un choc avec l'objet à traiter pouvait endommager la couche inhibitrice, avec pour résultat immédiat la destruction des deux vaisseaux.

Rhodan tressaillit malgré lui quand les générateurs se mirent à bourdonner. Dès cet instant, le flux électrique circulait. De l'anode composée d'une plaque du métal pur se détachaient des cations ynkélonium qui se déposaient sur la coque du petit navire discoïdal. Perry admettait qu'il n'aurait jamais risqué cette expérience si la présence d'une grande quantité d'ynkélonium n'avait pas exercé un effet inhibiteur sur toute éventuelle réaction avec des antiparticules.

Il sembla aux spectateurs qu'une demi-éternité s'était écoulée lorsque le ronronnement des générateurs se tut enfin. C'était maintenant au tour des spectromètres et autres sondeurs de remplir leur office invisible : procéder à l'examen du manteau de Maverick ainsi déposé. Ils annoncèrent quelques secondes plus tard que tout était en ordre : le navire accalaurie était enveloppé d'une pellicule continue d'ynkélonium.

Perry Rhodan composa la séquence d'ouverture. Lentement, les portes du sas s'effacèrent devant lui. Non sans hésitation, les sept hommes en spatiandres miroitant d'une couleur rubis s'avancèrent dans la vaste salle.

Deux d'entre eux portaient un translateur qu'ils installèrent face à la rampe de débarquement de la chaloupe. Au bout d'un moment, le panneau du sas pivota. L'être en forme de bouteille, Lobbyhuvos, fit alors une entrée spectaculaire : ce fut avec moult virevoltes et cabrioles qu'il vint se planter devant le Stellarque.

— Tu es le Grand Magicien ! émit le translateur.

Dérouté, Rhodan fixa un instant la créature avant de répondre :

— Il n'est pas question de magie, Lobbyhuvos, mais de connaissances et de la manière de les appliquer.

Son curieux interlocuteur laissa échapper une série de bruits qui s'avérèrent intraduisibles mais que l'on pouvait, avec un peu d'imagination, interpréter comme un rire.

— Raison tu as. Un miracle que tu prononces correctement mon nom. Les plus grands maîtres considèrent cela comme un exercice des plus difficiles.

— Ne vous laissez pas perturber par mon lobbyhuvos, Rhodan ! déclara Accutron Mspoern depuis le sas de sa chaloupe. Il est irrespectueux de nature.

Le docteur Meng Tse s'éclaircit la voix.

— Veuillez m'excuser, Accutron Mspoern, mais n'avez-vous pas dit tantôt que votre compagnon *s'appelait* Lobbyhuvos ?

— Il s'appelle bien Lobbyhuvos, confirma l'Accalaurie.

— Vous venez pourtant de dire « mon lobbyhuvos », objecta le cosmopsychologue. J'ignore si vous percevez les subtilités de notre langue, mais…

Les quatre yeux de l'Accalaurie s'illuminèrent derrière la visière de son spatiandre.

— Oh ! Vous le prenez pour un être vivant ! Je croyais qu'on réaliserait immédiatement qu'il s'agit d'un robot. Aussi, peu importe qu'on l'appelle « Lobbyhuvos » ou « le lobbyhuvos ». Si utile qu'il me soit, c'est une simple machine.

— Mon cerveau contient la quintessence de toutes les sagesses ! protesta celui dont on discutait. Je pallie tout ce qui manque à mon maître, j'entretiens sa forme et je l'éduque, je le stimule quand il désespère, je suis à ses côtés en paroles et en actions !

Meng Tse arbora une mine consternée. Perry Rhodan, au contraire, riait franchement. Il trouvait savoureuse la façon dont Lobbyhuvos les avait abusés.

— Un robot… murmura-t-il. Accutron Mspoern, verriez-vous un inconvénient à ce que je trempe votre lobbyhuvos dans le bain d'ynkélonium ?

— Vous voulez tenter de le protéger comme mon vaisseau ? demanda l'Accalaurie.

Le Stellarque eut un hochement de tête affirmatif.

— Je le mets à votre disposition, décida Mspoern.

Quand Perry le saisit par son « col de bouteille », le lobbyhuvos agita un peu les pattes, mais il se laissa faire. Une fois le robot introduit dans le dispositif de galvanisation, les convertisseurs vrombirent à nouveau, avec cependant une intensité moindre. À peine une minute plus tard, Rhodan le retira du bain. Sa carapace ne brillait plus de son violet fluorescent initial mais arborait une belle couleur rubis.

Lobbyhuvos exécuta derechef quelques pas de danse, écarta les membres, puis s'adressa à son maître :

— Je me sens très honoré. En outre, cette teinte me sied mieux que l'ancienne. Tu devrais toi aussi te plonger dans ce bain.

L'Accalaurie rechignait encore un peu à cette idée, mais le lobbyhuvos insista tant et si bien qu'il finit par accepter de se soumettre à la galvanisation. Toutefois, quand les Terraniens le ressortirent du bassin, ils éprouvèrent une vive déception : à la combinaison argentée de l'Accalaurie n'adhérait pas la moindre trace d'ynkélonium.

Saisi de panique, Accutron Mspoern voulut s'enfuir et se réfugier dans son vaisseau. Lobbyhuvos le retint, le temps pour Rhodan et Meng-Tse de le convaincre qu'en dépit de cet échec, il n'avait rien à craindre.

Le Stellarque lui promit qu'on lui construirait sur

mesure une tenue de protection spéciale avec revêtement d'ynkélonium dès que l'on serait revenu au sol.

Entre-temps, le *Rolin* avait quitté le secteur de Krover puis mis le cap sur le seuil temporel et le chronosas grâce auquel il comblerait le déphasage de cinq minutes vers l'avenir et regagnerait le Système Solaire.

Tous à bord croyaient avoir remporté tranquillement une grande victoire. Personne ne pressentait que l'atmosphère tournerait bientôt à l'orage…

CHAPITRE IV

Quatre semaines plus tard.

Le travail avait bien progressé, mais beaucoup restait à accomplir.

Sur Callisto, l'un des satellites majeurs de Jupiter, plusieurs millions de solars avaient été investis après l'arrivée de l'Accalaurie et du lobbyhuvos. La présence d'Accutron Mspoern posait à la science et à la technique terraniennes des questions d'une difficulté sans précédent. Il s'agissait d'accueillir un être qui, au moindre contact avec la matière normale – roches, plastique, métal, substance organique ou oxygène –, s'annihilerait dans une explosion qui détruirait la base, et probablement la lune elle-même. Cependant, compte tenu de l'essence même des hôtes et de leur vaisseau, on pouvait disposer aisément de petits échantillons d'antimatière à des fins expérimentales.

Comme dans bien d'autres cas antérieurs, il s'avérait que la clef du problème avait déjà été créée par la Nature et attendait seulement d'être découverte. Cette clef avait nom ynkélonium.

À la surface de Callisto avaient été coulées d'impressionnantes fondations composées du nouvel élément. Sur celles-ci s'élevait une habitation hémisphérique, dont chaque pièce, jusqu'à la plus petite, était recouverte d'un manteau de Maverick. Les locaux bénéficiaient d'une parfaite isolation par rapport à l'environnement extérieur, de sorte qu'Accutron Mspoern pouvait les remplir d'anti-oxygène et ainsi retirer son scaphandre. Un écran d'énergie protégeait la maison contre la mince mais dangereuse atmosphère du satellite de Jupiter. Elle englobait aussi le navire, d'où l'Accalaurie tirait ses réserves, son eau et son air respirable.

En parallèle étaient menées des tentatives de production d'anti-oxygène en quantité industrielle, mais avec un succès plus que mitigé. L'Humanité avait, dans le passé, négligé de faire avancer les recherches sur l'antimatière. Aujourd'hui, elle payait cette omission.

Comme le temps pressait, des équipes de robots et des techniciens s'attelèrent à la mise au point d'un régénérateur d'air de plus grande capacité que celui de la chaloupe de l'Accalaurie, qui assurerait l'approvisionnement dans l'intervalle. En outre, Accutron Mspoern affirmait qu'il ne fallait pas se tracasser pour son alimentation : d'une part, ses réserves de concentrés suffisaient pour plusieurs années terriennes ; d'autre part, il pouvait au besoin, et pendant plus longtemps encore, tirer son énergie directement du rayonnement solaire.

Ce dont il fit alors une démonstration.

À la suite de laquelle, en ce 5 octobre 3432, les personnalités les plus importantes de l'Empire Solaire, Perry Rhodan en tête, faisaient route vers Callisto…

*
* *

La géante gazeuse semblait occuper la moitié de l'Univers. Du pont d'observation de l'*Intersolaire*, les hommes contemplaient les ondoiements multicolores des bandes atmosphériques de Jupiter. Un tiers de la célèbre « Tache Rouge » apparaissait sur le bord de la courbure planétaire.

— Quand on pense qu'il s'en est fallu de peu que ce titan devienne un deuxième soleil… murmura un individu de haute taille, aux cheveux gris, à côté de Perry Rhodan.

Aslan Dshuit était astrophysicien, spécialiste des étoiles, et possédait plusieurs titres de docteur, sans toutefois en faire l'étalage. Durant son temps libre, c'était aussi un aquanaute passionné.

— Si tel avait été le cas, pourrions-nous aujourd'hui nous interroger sur cette éventualité ? répondit Rhodan avec un léger sourire. Qui sait dans quelle direction la vie se serait développée dans le Système Solaire ?

Entendant derrière lui un grognement contenu, il tourna la tête.

— Cela ne te plaît pas, Lord Zi-Èvuss ?

Le préhominien secoua sa crinière touffue et tambourina des poings sur sa large poitrine tout aussi velue.

— Non, parce qu'alors, je n'aurais peut-être jamais vécu.

Comme souvent, il se gratta vigoureusement sous les aisselles. À cause de cette habitude, certains s'écartaient de lui ou l'évitaient. Réaction purement instinctive, car tous savaient que le Néandertalien bénéficiait des meilleurs soins hygiéniques, même si ce n'était pas toujours de son plein gré.

Lord Zi-Èvuss oublia l'objet de sa contrariété. Avec un sourire malicieux, il se rendit d'un pas lourd vers le distributeur de boissons et se servit un verre d'eau pétillante. Il rit joyeusement quand les bulles de gaz carbonique lui chatouillèrent le nez puis le palais.

L'*Intersolaire* avait mis le cap vers une masse sombre qui se détachait sur l'arrière-plan coloré de la surface de Jupiter. Il s'agissait en réalité de son deuxième satellite par importance de taille. Le rayon de son orbite elliptique atteignait une moyenne de 1 861 000 kilomètres, soit près de cinq fois la distance Terre-Lune.

Mains dans les poches de sa légère combinaison de bord, Rhodan rejoignit Atlan qui, assis à une table basse avec le maréchal solaire Galbraith Deighton, gardait les yeux fixés droit devant lui, en silence.

Le Stellarque se laissa tomber dans un siège-contour et croisa les jambes.

— Avez-vous tiré des conclusions, Deighton ? demanda-t-il au chef de la Défense Solaire et Premier Émo-Mécanicien de l'Empire.

Galbraith leva les sourcils, étonné.

— Aurais-je dû, Monsieur ?

Atlan se fendit d'un rire sarcastique.

— Tantôt, il a déjà soigneusement évité de me donner des réponses concrètes, Perry. On dirait un homme politique éludant les questions-piège d'un reporter… !

Rhodan ne pouvait que sourire de cette comparaison.

Deighton soupira.

— Vous savez que je n'hésite jamais à exprimer le fond de ma pensée, Monsieur, expliqua-t-il, l'air chagriné. Si ce n'était pas le cas, je ne serais d'aucune utilité ni à vous ni à l'Empire. Mais même avec la meilleure volonté du monde, ce que je ne sais pas, je ne puis vous le dire. Le contenu du message de l'Accalaurie n'est pas assez explicite.

Il leva les bras et les laissa retomber.

— « Le soleil se trouve dans une phase d'activité irrégulière » ! Allons donc ! Il se trouve dans cet état depuis que nous faisons de la recherche stellaire, Messieurs. Et à mon avis, il y restera encore pendant quelques milliards d'années, jusqu'à ce que s'amorce la deuxième phase de son cycle…

— Si vous le voyez ainsi, articula lentement Rhodan, pourquoi avez-vous alerté les cadres supérieurs de notre Conseil Scientifique, rappelé le Lord-Amiral Atlan d'un vol de reconnaissance dans l'Est Galactique et m'avez-vous arraché à une séance du Parlement lors d'un vote important… ?

Le visage de Deighton prit un air d'extrême sérieux. L'émo-ingénieur désigna du doigt Lord Zi-Èvuss, que L'Émir avait élu comme compagnon de jeu et menait par le bout du nez, alors que le Néandertalien multi-millénaire s'amusait en permanence de la curieuse morphologie du mulot-castor.

— À cause de lui. Il en sait plus qu'il n'en dit. Ses connaissances sommeillent probablement au plus profond de son subconscient. Je ne suis pas télépathe, je ne peux pas lire ses pensées, mais je le sens.

— L'Émir n'a découvert aucune information dissimulée, objecta Atlan.

Deighton hocha impatiemment la tête.

— Ce n'est pas si simple. L'accès à ses connaissances se trouve apparemment bloqué par un barrage de nature encore indéterminée. Mais ce n'est pas l'essentiel pour l'instant. Qu'il me suffise de vous rappeler les générateurs dont nous avons mesuré les émissions lors des sondages dans la fosse des Tonga. Il est regrettable que nous ayons dû nous retirer suite au séisme. À ce jour, nous n'avons pas pu établir où était utilisée l'énergie produite, et où elle *est* peut-être encore utilisée à l'heure actuelle. Il s'agissait de milliards de gigawatts.

Rhodan demeurait impassible. Son visage ne révélait rien du cours de ses réflexions.

— Nous en revenons donc à cette « bombe à retardement ».

— Nous ne savons encore rien de précis, enchaîna Deighton. Je préfère toutefois agir comme si elle existait effectivement. C'est pourquoi j'ai récemment fait équiper le *Rolin* avec les plus modernes des instruments d'analyse stellaire. J'ai aussi fait activer la finition de notre dernier navire d'investigation solaire. Mais le *Sun Dragon* ne sera pas opérationnel avant quatre semaines.

Atlan se leva. Son attitude dénotait une excitation manifeste.

— Maréchal Deighton, dit-il d'une voix si basse que seul l'émo-ingénieur et Perry entendirent ses paroles, vous appartenez tout comme moi au cercle des immortels relatifs et j'ai eu le temps d'apprendre à vous connaître. (Il prit une profonde inspiration.) Si un homme de votre trempe prend les mesures que vous venez de nous décrire, c'est qu'il considère les dires de l'Accalaurie, et son analyse des processus intrasolaires, comme argent comptant.

— Il vaut mieux ne pas être pris au dépourvu, Atlan, déclara le Stellarque. Une chose encore, Deighton…

— Oui, Monsieur ?

Rhodan serra les lèvres puis sourit. Mais c'était un sourire froid, sans humour, comme il en arborait seulement dans les moments d'extrême danger.

— Faites en sorte que notre deuxième vaisseau d'investigation solaire soit lancé plus tôt que prévu. Le plus vite possible !

Il s'arracha à son fauteuil.

— Nous nous revoyons après l'atterrissage.

*
* *

L'*Intersolaire* se mit en orbite autour de Callisto, devenant satellite artificiel d'un satellite naturel, une autre tache sombre sur l'arrière-plan coloré qu'offrait l'atmosphère du bruyant Jupiter. Les parasites issus des émissions radiatives et corpusculaires de ce monde géant créaient en effet un vacarme agaçant dont résonnaient les détecteurs et parfois les récepteurs radio ou hypercom.

La corvette se posa à côté d'un écran d'énergie hémisphérique qui miroitait de la teinte du mercure liquide. Aussi loin que portait le regard, d'autres coupoles de même nature s'élevaient à la surface désolée de Callisto. À la différence de la première, elles étaient transparentes et ne dissimulaient ni les tours cylindriques, ni les bâtiments plats aux angles adoucis qu'elles abritaient de l'environnement hostile du satellite.

Quelques silhouettes en spatiandres rouge rubis quittèrent le vaisseau et planèrent jusqu'au sol, soutenues par un champ anti-g. Les astronautes marchèrent à pas lourds jusqu'à la bulle protectrice argentée et patientèrent.

Dans la structure multicouches de l'écran bourgeonna rapidement une excroissance arrondie en forme de porche, qui s'ouvrit soudain. Les visiteurs s'engagèrent sous la voûte, et l'accès se referma derrière eux.

Perry Rhodan vit disparaître la paroi opposée du sas

énergétique alors qu'il s'avançait vers elle. L'habitation hémisphérique de l'Accalaurie et sa chaloupe immobile à proximité se révélèrent à la vue des quatre hommes. Sous l'éclairage indirect, la couleur rouge sombre omniprésente de l'ynkélonium suscitait un sentiment d'angoisse. Peut-être seulement parce que le Stellarque et ses compagnons savaient que les minces revêtements rubis étaient leur seul rempart contre une mort certaine.

Mspoern et le lobbyhuvos les attendaient à côté de l'unité de traduction.

Les créatures d'anti- et de koïnomatière renoncèrent aux formules de politesse. Tout le monde activa les communicateurs reliés au translateur. Sans la technique ultramoderne actuelle, la liaison n'aurait pas été possible, tout au moins pas avec cette qualité irréprochable.

— Vous nous avez appelés, nous voici, Accutron Mspoern, commença Rhodan.

Son interlocuteur alla droit au fait :

— Le lobbyhuvos et moi avons établi des irrégularités dans le bilan énergétique de votre soleil.

Il n'en dit pas plus, et Aslan Dshuit saisit l'occasion pour exposer ses objections.

— J'ai examiné les dernières mesures de l'activité solaire. Il ne s'y trouve rien de neuf par rapport à ce que l'on observe depuis des siècles. Les taches solaires sont connues depuis des millénaires. Si c'est de ces irrégularités-là que vous parlez, Accutron Mspoern, elles ne doivent pas vous inquiéter.

— Nous savons cela, répliqua l'Accalaurie. Les savants de ce monde nous en ont déjà informés. Mais ce n'est pas de cela que je parle.

Perry Rhodan sentit sa gorge se serrer, et son pouls

s'accélérer. À nouveau, le sort de l'Humanité revenait le tourmenter.

— Lobbyhuvos et moi avons effectué des relevés précis avec les équipements de notre navire tout à l'heure encore, continua l'Antimatériel. Nous avons acquis la certitude que le bilan énergétique de votre soleil évolue vers une situation critique qui mènera dans un futur proche à une colossale réaction explosive.

— Une nova ! s'exclama le Lord-Amiral. Combien de temps nous reste-t-il, Mspoern ?

— Je ne l'ai pas encore déterminé, Atlan. Je devrais exécuter d'autres mesures, plus près du Soleil. D'ici, mes données manquent de résolution. La grande planète exerce des influences perturbatrices, et…

Il semblait hésiter.

— Que voulez-vous ajouter ? demanda Perry.

— Je ferais peut-être mieux de m'abstenir, dit l'Accalaurie, sur la réserve. Nous dépendons de votre bienveillance et…

De nouveau, il s'interrompit.

— Il a peur de nous indisposer, Monsieur, chuchota Galbraith Deighton via un deuxième canal qui n'était pas couplé au traducteur.

Rhodan lui fit un signe de tête puis s'adressa à nouveau à l'Accalaurie.

— Je vous en prie, parlez sans crainte, Accutron. Rien de ce que vous pourriez dire ne nous fera agir à l'encontre de vos intérêts.

— Je ne sais pas… murmura Mspoern.

— Alors, moi, je le dirai ! intervint le lobbyhuvos. Il y a quelque chose d'anormal dans ce système solaire. Nous ne pouvons localiser en dehors aucun autre corps céleste, ni étoiles ni galaxies. Et cette lueur rougeâtre ne provient pas d'un écran d'énergie classique. Il règne ici une sorte d'*incertitude existentielle* que nous ne savons pas interpréter.

Rhodan entendit la respiration oppressée de ses compagnons. Tout d'abord, il fut lui aussi effaré. Les mots du lobbyhuvos prouvaient que l'Accalaurie et son robot avaient presque percé le secret qui entourait le Système Fantôme. Sous cet éclairage, les craintes de Mspoern ne lui paraissaient plus aussi dénuées de fondement. Personne ne voit d'un bon œil des étrangers éventer un secret vital. On les élimine rapidement, ou bien, au cas où l'on répugne à ce genre de méthodes, on les isole à vie. Et dans le cas de l'Antimatériel, il suffisait même de ne *rien* faire.

Le Stellarque pressentait que ce problème allait lui occasionner quelques nuits sans sommeil et des discussions animées. Il n'avait évidemment pas l'intention de retenir l'Accalaurie sur Callisto jusqu'à ce qu'il meure d'inanition. Ce n'était pas ainsi qu'il se gagnerait l'amitié du peuple d'antimatière, ce qu'il avait toujours l'intention d'obtenir.

— Vous gardez tous le silence, constata Accutron Mspoern. J'en déduis que mes inquiétudes sont justifiées.

— Pas du tout ! J'étais seulement en train de réfléchir, expliqua vivement Rhodan. Je vous réitère mes assurances sans restriction. Je demande seulement votre compréhension, car pour l'heure, je ne discuterai pas ce sujet avec vous. Ce que vous avez observé constitue effectivement un secret, mais c'est un secret qui ne menace personne. Vous disiez que vous devriez répéter vos analyses plus près du Soleil… ?

— Pour pouvoir cerner le moment de l'explosion, confirma Mspoern. Pas pour certifier qu'elle se produira. De cela, je suis déjà certain, Rhodan.

Atlan toussota. Sa voix tremblait lorsqu'il demanda :

— Si je vous comprends bien, Accutron Mspoern, notre étoile peut exploser dans un mois… ou dans une heure ?

— Pas dans le bref laps de temps que vous appelez une heure, Atlan. Mais peut-être dans dix ou cent.

L'Arkonide inspira profondément.

— Perry, nous devons faire quelque chose ! Donner l'alerte maximale pour toutes les planètes ! Préparer l'évacuation de la population !

— Cela fait vingt-cinq milliards de personnes, Atlan, répondit le Stellarque d'un ton las. Bien sûr, on pourrait les évacuer pour une durée d'un an, les disperser… Mais de quoi vivront-ils, s'ils doivent tout abandonner derrière eux – matières premières, alimentation énergétique, complexes industriels, etc. ? Dois-je faire de l'humanité solaire une foule éparse de mendiants galactiques ?

— Veux-tu prendre sur toi la responsabilité de les laisser mourir dans l'enfer d'une nova, Perry ?

La voix d'Atlan se brisa.

Rhodan sourit et posa la main sur l'épaule de l'Arkonide.

— Je te remercie de ces mots, mon ami. Ils prouvent une fois encore que tu es un meilleur Terranien que beaucoup de ceux qui ne le sont que par naissance. Je suis conscient de mes responsabilités, Atlan. Néanmoins, ta proposition est inacceptable. Nous ne devons pas fuir devant le danger, mais le combattre.

— Le combattre ! s'écria le Lord-Amiral avec un accent de désespoir. Comment donc veux-tu arrêter le développement d'une nova ? C'est au-delà de notre pouvoir, Perry.

— Tu aurais raison s'il s'agissait d'un processus

naturel, mon cher. Mais ce n'est pas le cas. J'espère que l'état critique du Soleil trouve son origine dans l'influence de cette fameuse arme à retardement.

— Tu… *l'espères*… ?

— Certainement, car si nous ne pouvons rien contre le processus d'évolution naturelle d'un soleil, contre une intervention planifiée par des créatures intelligentes, nous avons au contraire une chance…

CHAPITRE V

Des communications secrètes s'échangèrent à travers tout le Système Solaire, alertèrent les postes de coordination de la Défense et de la Protection Civile ainsi que les centres, principaux comme secondaires, de la Direction de la Recherche.

Un message parvint également à l'empereur Anson Argyris, sur Olympe, via la Route des Conteneurs. Le robot spécial de type Vario-500, représentant de Rhodan et de l'humanité solaire dans le plan temporel standard, fut l'unique personne hors du Système Fantôme à apprendre les détails de la situation. Non qu'il fût le seul à être totalement digne de confiance, mais parce qu'avec lui, on était sûr qu'un secret resterait un secret. Un être vivant pouvait être interrogé sous contrainte biochimique, sous hypnose ou avec l'aide d'un psychodélieur. Il n'en allait pas de même d'un robot qui pouvait effacer ses mémoires en quelques nanosecondes.

À l'intérieur de la zone labile, dans le Système Solaire même, ils ne furent que quelques-uns à être informés de la vérité : des hommes dont le psychogramme était suivi en permanence, si bien que l'on pouvait anticiper leurs réactions avec une incertitude minimale.

Hors ce petit cercle, la population, effrayée par l'alerte, pensait qu'il s'agissait soit d'un exercice à grande échelle, soit d'une menace extérieure. Personne ne soupçonnait la réalité des choses, et personne n'en fut instruit : c'eût été un risque trop important car le mental humain en général manquait de solidité. La plus petite indiscrétion, même involontaire, mènerait inévitablement à la panique générale. Mais les rares initiés sentaient peser sur leurs épaules le poids de cette lourde responsabilité.

C'est à cela que songeait Perry Rhodan alors que le vaisseau expérimental *Rolin* s'approchait du Soleil, l'étoile qui avait vu naître la Terre et l'Humanité et qui menaçait aujourd'hui de les renvoyer au néant. Durant les dernières vingt-quatre heures, aucun des « initiés » n'avait pu dormir. Les conférences s'étaient succédé à un rythme infernal.

Pendant ce temps, les astronomes, astrophysiciens, cosmologues, spécialistes des plasmas ou des étoiles, observaient sans relâche les processus qui se déroulaient à la surface de Sol. Ils menaient leurs investigations avec les méthodes les plus diverses afin de valider les affirmations de Mspoern.

En vain.

Si loin que les instruments puissent « voir » à l'intérieur de l'astre tutélaire, il ne s'y révélait aucun phénomène extraordinaire. Plus d'une fois, les scientifiques avaient pensé trouver une piste, mais jusqu'à présent, ils avaient dû déchanter : des comparaisons avec les données en mémoire dans les cerveaux positroniques montraient que leurs « trouvailles » n'avaient rien d'original et que semblables observations étaient mentionnées plus ou moins régulièrement au cours des derniers millénaires.

Accutron Mspoern ne se laissait pourtant pas démonter. Il avait embarqué ses détecteurs spéciaux à bord du *Rolin*, après qu'ils eurent été recouverts d'un manteau de Maverick. Depuis l'appareillage du vaisseau expérimental, lui et le lobbyhuvos multipliaient mesures et calculs.

*
* *

Le capitaine Naïen Dengol Chasara quitta son siège de commandement et s'avança vers la table des cartes.

— Monsieur… amorça-t-il en regardant le Stellarque d'un air préoccupé. Ne pourriez-vous me dire ce que ma centrale de détection doit rechercher ou vers quel secteur du Soleil il me faut me diriger ? Dans cinq minutes au plus tard, je devrais entrer la programmation correspondante.

Perry Rhodan leva les yeux et soupira.

— Je serais ravi de le faire, capitaine, mais j'attends depuis notre départ les résultats d'une étude fine, et l'Accalaurie ne s'est pas encore manifesté.

— Hem ! toussota Naïen. Loin de moi l'idée de vous presser, Monsieur, mais à proximité directe du Soleil comme nous le sommes, il faut soit parcourir une orbite à vitesse très élevée, soit exercer une contre-poussée avec soixante-quinze pour cent de notre puissance propulsive. Si nous choisissons cette dernière option, nous privons le *Rolin* d'une grande partie de sa manœuvrabilité. Nous pourrions être atteints par une grande protubérance.

Rhodan fronça les sourcils. Il n'aimait effectivement pas qu'on le bouscule. Mais après un instant de réflexion, il se leva et adressa un sourire au commandant.

— Vous avez raison. Puisque la situation veut que vous me mettiez le couteau sur la gorge, je vais devoir faire de même avec nos hôtes. Vous m'accompagnez ?

Naïen Dengol Chasara lui sourit en retour et inclina la tête.

— Bien sûr, Monsieur.

Les deux hommes enfilèrent et bouclèrent leurs spatiandres. Ensuite, ils entrèrent dans le sas de sûreté, où des sondeurs vérifièrent l'intégrité absolue de leurs manteaux de Maverick : le moindre défaut, même microscopique, pouvait mener à la catastrophe. Par le puits antigrav, ils descendirent jusqu'au pont du grand hangar à matériel. L'Accalaurie et son robot s'y étaient installés avec leurs instruments. Ces locaux, complètement ynkéloniés, leur offraient une totale sécurité, encore accrue par le port de tenues elles aussi couvertes d'une couche protectrice.

Le lobbyhuvos ne se retourna pas à l'arrivée des Terraniens, mais sa paire d'yeux postérieurs pivotèrent vers eux, et il leva deux de ses bras.

— Veuillez ne pas bouger, chuchota le translateur dans les casques des visiteurs. Les générateurs de vos spatiandres pourraient perturber les mesures.

Rhodan et Chasara échangèrent des regards ébahis, puis se résignèrent à une totale immobilité.

— Si c'est pour la qualité des mesures, murmura le Stellarque, nous devrons bien prendre notre mal en patience.

Après quelques minutes, le robot les appela.

— Maintenant, vous pouvez venir !

Accutron Mspoern se retourna vers les deux hommes.

— Alors… ? demanda Perry.

L'Accalaurie le fixa longuement, puis déclara :

— Je dois vous décevoir, Rhodan. Rien n'indique

qu'il faille chercher dans la photosphère. C'est dans les réactions mêmes du noyau que se loge le mal : votre Soleil souffre d'un refroidissement.

— Un refroidissement ? lâcha Chasara. Que voulez-vous dire ? Si le noyau se refroidit, ce n'est pas une nova qui…

Il bloqua sa respiration.

— Ah, si, je vois… se corrigea-t-il en expirant.

— Poursuivez, l'invita Mspoern.

— La température est la résultante de l'énergie cinétique moyenne des molécules. C'est cette énergie cinétique qui équilibre les forces gravitationnelles au sein d'une étoile. Si elle vient à diminuer, la gravitation finit par l'emporter, et l'étoile s'effondre sur elle-même. Or, dans un réacteur à plasma, si la pression augmente, les réactions nucléaires s'intensifient.

— Exactement, enchaîna l'Accalaurie. Votre Soleil va se contracter, comprimer le noyau, et faire remonter le dégagement d'énergie jusqu'à des valeurs difficilement imaginables. Ce sera alors le retour du balancier : l'énergie cinétique excédera notablement la gravitation, et l'étoile s'étendra, jusqu'à ce que ce surplus d'énergie soit dissipé. Ensuite, ce qui restera du noyau amorcera un nouveau cycle de fusion.

Perry Rhodan ferma les yeux. Dans son esprit se déroulaient des images d'apocalypse. D'abord, les planètes subissaient, à la vitesse de la lumière, un bombardement de radiations détruisant toute vie qui ne serait pas protégée par un abri adéquat. Ensuite, les humains qui avaient survécu se consumaient dans le brasier de la matière solaire éjectée. Quand le Soleil se serait apaisé, il ne resterait plus de ses satellites que des boules de scories qui, suite à la défaillance de l'écran anti-temporel, retomberaient dans l'univers standard…

D'un effort mental si intense qu'il ne put retenir un gémissement, le Stellarque s'arracha à cette vision d'horreur et rouvrit les yeux. Son front s'était couvert de sueur.

— Les démons ! grogna-t-il.

Il adressait cette imprécation, par-delà deux cents millénaires, aux intelligences inconnues qui avaient installé l'arme dont le processus destructeur menaçait maintenant l'Humanité de mort.

Puis il reprit conscience de son environnement.

— Ce… refroidissement, cette perte d'énergie cinétique, demanda-t-il à l'Accalaurie, pourrait-elle malgré tout avoir une cause naturelle ?

Accutron Mspoern écarta les bras en un geste fataliste.

— Qui se vanterait de comprendre l'essence de tous les phénomènes, Rhodan ? Mais la vraisemblance d'une cause naturelle est tellement faible que nous pouvons l'écarter. J'ai examiné la composition chimique des couches externes : environ soixante-quinze pour cent d'hydrogène, vingt-trois d'hélium et deux d'autres éléments. Dans ces conditions, votre soleil devrait encore travailler normalement durant à peu près quatre milliards de vos années. Ce n'est que quand l'hélium produit atteindra les cinquante pour cent que l'énergie cinétique commencera à diminuer. Non, je suis sûr qu'il existe un satellite tueur, à proximité très étroite de l'étoile, si près qu'il en est indétectable.

Le Stellarque hocha la tête.

— Et probablement est-il en contact avec les centrales énergétiques de la fosse des Tonga. Puisque nous n'avons pas accès à ces dernières, nous devons trouver ce satellite solaire et le détruire.

Il s'adressa à Naïen Chasara.

— Capitaine, engagez le *Rolin* dans la photosphère, au plus bas que le permet la résistance du navire, et décrivez une orbite qui nous fasse balayer complètement la « surface ».

L'officier pâlit.

— Monsieur, vous êtes conscient que nous pouvons y perdre le vaisseau ?

— Naturellement. Je ne prendrais pas ce risque si l'existence de l'Humanité n'était pas en jeu. En l'occurrence, je n'ai pas d'autre choix.

Chasara n'émit pas d'autre commentaire. Il salua et quitta la grande salle. Perry Rhodan le suivit après avoir exprimé ses remerciements à l'Accalaurie.

*
* *

Sur les écrans panoramiques, le soleil était passé d'un disque jaune, de la taille d'un ballon, à un enfer turbulent de gaz bouillonnants d'où s'élevaient des éruptions brutales et des arcs de matière incandescente, et dont il fallait filtrer l'image. Sous les protubérances, on aurait pu faire tenir de front plusieurs globes terrestres. À cette échelle, le *Rolin* pouvait quant à lui se comparer à un infime grain de poussière dans le tourbillon de braise d'un haut-fourneau.

Le personnel du poste central ne jouissait d'ailleurs de ce spectacle que par intermittence car des décharges d'énergie dans l'écran SH bouchaient régulièrement la vue.

Le vaisseau expérimental fonçait dans la chromosphère à une vitesse supérieure à six cents kilomètres par seconde, assez élevée pour éviter d'être capturé par le champ d'attraction du Soleil sans s'écarter de l'orbite programmée. Les propulseurs à impulsions travaillaient en moyenne à soixante pour cent de leur capacité. Cela suffisait pour neutraliser le freinage dû aux frottements exercés par les couches externes de l'étoile. Par moments, le capitaine Chasara devait monter le régime à quatre-vingt-dix pour cent, quand des nuages de plasma de la taille d'une planète croisaient le cap du navire à plus de mille kilomètres par seconde. Tenter des manœuvres d'évitement eût été absurde : la détection fonctionnait très mal, et le plus souvent, on n'identifiait les masses en approche que quelques instants avant la collision.

Naïen Dengol Chasara grimaçait sous l'intensité de l'effort mental qu'exigeait le pilotage dans ces conditions. Il tourna la tête quand le Stellarque s'approcha.

— Que les écrans cèdent ne serait-ce que quelques secondes, et le rayonnement nous tuera, Monsieur.

— Si nous reprenons de l'altitude, objecta Rhodan, le visage impénétrable, ils s'effondreront à coup sûr. Ici en bas, nous pouvons au moins nous faufiler *sous* les plus grands obstacles. Plus haut, nous les heurterions de plein fouet.

Soudain, l'officier en second, un homme trapu à la face burinée, se mit à hurler en activant le tableau de tir.

Perry se précipita et parvint à l'arrêter juste avant qu'il n'ouvre le feu. Il le secoua sans douceur et appela un médirobot.

Mais l'autre se calma avant que la machine n'arrive.

— Veuillez m'excuser… chuchota-il, la mine décomposée. Je ne sais pas ce qui m'a pris. Il y avait… une chose, une chose brûlante avec d'immenses tentacules qui s'emparaient du vaisseau. (Il frissonna.) C'était évidemment une hallucination, mais quand j'ai vu ça, j'ai vraiment cru que c'était réel…

Rhodan hocha la tête tout en scrutant le visage de l'officier, surtout ses yeux. Il possédait assez d'expérience pour reconnaître une schizophrénie latente. L'officier n'en montrait aucun symptôme.

— Un sédatif suffira, ordonna-t-il au médirobot.

Avec rapidité et habileté, celui-ci prodigua les soins à son patient puis se retira.

Rhodan adressa un sourire encourageant au second.

— N'y pensez plus. Cela pourrait arriver à n'importe qui.

L'homme s'apaisa. Perry, lui, était loin d'être aussi serein : il se demandait s'il était possible que l'écran à surcharge de haute énergie laisse malgré tout filtrer une sorte de rayonnement inconnu qui attaquerait le cerveau humain.

Il alla poser la question au professeur Waringer qui se tenait à la table des cartes.

L'hyperphysicien haussa les épaules.

— Si c'est le cas, ce rayonnement échappe à toute détection par les appareils que nous avons à bord. (Il fronça les sourcils.) Peut-on envisager qu'il n'ait *pas* été victime d'une simple hallucination ?

— Que veux-tu dire ?

— Eh bien, expliqua Geoffry Abel Waringer, si nous acceptons l'hypothèse formulée par Mspoern quant à l'existence d'un satellite tueur, il n'est pas exclu que celui-ci dispose des possibilités de préserver son secret…

Rhodan déglutit.

— Tu penses qu'il posséderait des systèmes de défense automatiques ?

— Ce serait logique.

— Certes, Geoffry. Mais le second parlait d'une « chose avec des tentacules immenses ». Cela pourrait évoquer une créature énergétique, mais ça n'a pas de sens puisqu'un être de cette nature n'a nul besoin de tentacules ou d'un quelconque outil pour agir physiquement – nous l'avons constaté à plus d'une occasion. Quant à un organisme matériel, il ne pourrait pas subsister à la surface du Soleil.

— Avec des champs de contention suffisamment puissants, on pourrait, même dans les conditions infernales qui règnent ici, comprimer des gaz et créer des formations d'une densité élevée. La technique…

Le ululement des sirènes d'alerte couvrit la fin de sa phrase. Le *Rolin* trembla. Sur les écrans de la galerie panoramique flamboyèrent des éclairs aveuglants et des tourbillons incandescents. Les coupe-circuits de la détection énergétique sautèrent avec des claquements sourds.

Perry Rhodan se retint au dossier d'un fauteuil-contour quand un nouvel ébranlement parcourut le navire, qui résonna des craquements de sa cellule et du rugissement des convertisseurs auxquels se superposait le hurlement des sirènes. Quelqu'un fit enfin taire les alarmes. À leur tour, les autres bruits perdirent graduellement en intensité. Puis l'orage énergétique qui frappait l'écran protecteur cessa. Seuls de minces filaments de gaz brûlants s'étendaient encore en travers de la route des explorateurs.

Le Stellarque put s'installer dans le fauteuil et boucler sa ceinture. Il contacta ensuite Naïen Dengol Chasara via l'intercom intégré.

— Rapport, capitaine.

— Une protubérance nous a balayés, Monsieur.

Heureusement, c'était seulement un bébé d'à peine mille kilomètres de diamètre, sinon nous n'aurions pas pu nous en sortir. À présent, nous sommes tombés plus bas dans la couronne. Dois-je remonter ?

Avant que Perry Rhodan puisse répondre, un gigantesque pont de matière solaire embrasée s'inscrivit sur l'écran panoramique. Le vaisseau se dirigeait droit sur cet arc incandescent dont les dimensions atteignaient deux cent mille kilomètres de largeur pour environ trois cent mille de hauteur.

Naïen freina de toute la puissance des propulseurs. La vitesse chuta largement en dessous des six cents kilomètres par seconde, et le champ d'attraction du Soleil se saisit aussitôt du « grain de poussière » qu'était le *Rolin*. Les violentes réactions thermonucléaires gênaient plus que jamais la visibilité, mais l'équipage eut pourtant conscience de la plongée de la nef sous l'arche colossale. Pendant près de trente secondes, ils eurent l'impression de voler dans une couche de vide prise en sandwich entre des murs de feu liquide. Vu de plus près, ce qui avait ressemblé de loin à de petits filaments de lumière se révélait être de colossales décharges énergétiques, heureusement assez éloignées les unes des autres pour limiter les risques de collision.

— Fantastique ! s'exclama Waringer. Rares sont ceux qui ont contemplé un tel spectacle.

— Je ne crois pas que beaucoup de gens le leur envient, Geoffry, soupira Rhodan.

Puis il poursuivit :

— Je ne parviens toujours pas à admettre que quelqu'un ait pu installer jadis un satellite tueur pour faire exploser le Soleil après un laps de temps indéterminé. Quelles auraient donc été ses motivations ?

Son gendre réfléchit un moment, les yeux dans le vague, puis répondit d'un air las :

— Ces inconnus ont probablement examiné des hommes de Neandertal. Et s'ils avaient découvert dans leur cerveau des possibilités de développement qui leur apparaissaient comme une menace contre leur propre existence, leur existence à venir… ?

— À l'heure actuelle, nos vaisseaux auraient dû pénétrer dans leur sphère d'influence et nous les aurions déjà rencontrés.

— À condition qu'ils soient encore là ! Deux cents millénaires, c'est long pour une civilisation. Les plus grandes d'entre elles n'ont pas vécu la moitié de ce temps. Peut-être nos inconnus ont-ils péri en ne nous laissant que leur machine infernale.

— Il faudrait… commença Perry avant de s'interrompre, comme effrayé par la suite de ses idées.

Il se leva et quitta le central d'une démarche de somnambule. Par l'ascenseur antigrav, il monta à la coupole d'observation et se joignit aux hommes qui contemplaient fixement l'enfer ardent où brûlait la substance d'où eux-mêmes avaient pris vie…

*
* *

Une demi-heure plus tard, les propulseurs se turent brusquement. Sur une trajectoire parabolique, le vaisseau scientifique plongea vers la surface bouillonnante du Soleil. Au même instant, trois batteries à impulsions de bâbord ouvrirent le feu. Les faisceaux radiants se perdirent, ridiculement faibles, dans le déchaînement d'énergie des milliards de fois plus intense.

Dans la fournaise qui dissoudrait le *Rolin* dans les dix minutes si la propulsion ne redémarrait pas.

Après avoir essayé en vain de joindre le capitaine avec son bracelet de communication, Rhodan se hâta derrière Atlan et quelques hommes qui se ruaient déjà vers le poste central. Un mortel effroi le saisit quand la gravitation artificielle disparut soudain. L'énergie cinétique de sa course ne fut plus équilibrée par la pesanteur, et il décolla comme une balle à travers le couloir. Comme l'impulsion donnée par ses pas n'était pas parallèle au sol, il partit en biais et heurta le plafond. Le choc l'étourdit quelques secondes. Il recouvra ses esprits en rebondissant sur la bande transporteuse, roula sur l'épaule et vola vers le côté droit du corridor. Il parvint à attraper une poignée de sécurité et s'y cramponna en serrant les dents, avec l'impression qu'on lui arrachait les bras.

Il reprit aussitôt sa progression, se déplaçant habilement dans l'apesanteur ambiante. Semblable à un plongeur sous-marin, il se glissa le long du couloir, bras en avant et genoux légèrement fléchis.

Quand il arriva devant l'entrée du central, la pesanteur se rétablit. Cette fois, il ne fut pas pris au dépourvu et retomba sans dommages sur ses pieds. Au moment où il ouvrit les portes, un grondement annonça le redémarrage des propulseurs. Quelqu'un les poussa brutalement à très haut régime, occasionnant d'intenses vibrations dans la structure du vaisseau. Soulagé, Perry Rhodan vit que c'était Atlan qui assurait le commandement. Geoffry Abel Waringer était assis à côté de lui à la place de l'officier en second. Plusieurs membres d'équipage gisaient au sol, certains mollement allongés, d'autres complètement tétanisés. Des médirobots débouchèrent d'un sas latéral et commencèrent à les traiter.

Le Stellarque s'installa dans le siège vacant du responsable de la navigation, boucla son casque et activa son minicom.

— Qui peut m'expliquer ce qui s'est passé ? demanda-t-il aux hommes encore valides.

Tous avaient également refermé leurs spatiandres, sans quoi aucune conversation n'eût été possible dans le vacarme des propulseurs sur-sollicités.

— Le second a annoncé l'apparition d'une créature énergétique, Monsieur. Excusez-moi, ici le sergent Chavendish. Le capitaine Chasara l'a prié de quitter son poste mais au lieu d'obéir, il l'a descendu avec un paralysateur. Puis il a fait tirer des batteries de bâbord. Noël et Baumgarten ont essayé de le maîtriser, mais il les a paralysés eux aussi. Ensuite, il a débranché la propulsion. Pour le neutraliser, je n'ai pas eu d'autre choix que de couper la pesanteur artificielle, j'ai crié après lui, il s'est retourné et son mouvement l'a envoyé heurter la cloison d'en face. Après, c'est Shamil, le navigateur, qui s'est mis dans tous ses états. Mais à ce moment-là, le Lord-Amiral et le professeur Waringer sont intervenus.

— Je vous remercie, sergent, répondit Rhodan en dépit des bleus qu'il devait avoir un peu partout sur le corps et de la bosse qu'il sentait enfler sur son front. Vous avez fait preuve de présence d'esprit et d'ingéniosité, même si la solution était un peu brutale.

Pendant quelques secondes, plus personne ne parla. Seul le grondement des machines pénétrait à travers les casques jusqu'aux oreilles des hommes.

Atlan rapporta alors :

— Nous avons dégringolé dans les couches inférieures de la chromosphère. Accélération maximale depuis une minute et demie ; vitesse : à peine cinq cent quatre-vingts kilomètres par seconde. La vitesse de libération ici est de six cent dix-neuf. Si nous ne parvenons pas à l'atteindre…

Il ne l'exprima pas, mais chacun savait ce qui se passerait alors. Dans le meilleur des cas, le *Rolin* se repositionnerait en orbite dans les couches supérieures de la chromosphère jusqu'à ce que ses réserves de deutérium surcatalysé soient épuisées. Ensuite, il s'abîmerait irrémédiablement dans le Soleil. Mais tout le monde à bord serait mort bien avant – au moment où les écrans ne seraient plus alimentés et où d'inimaginables quantités de rayonnements durs traverseraient la coque.

Rhodan renonça à objecter contre l'intention implicite d'Atlan de quitter le plus rapidement possible le voisinage de l'étoile. Il réalisait qu'un navire comme le *Rolin* n'était pas adéquat pour détecter le satellite tueur.

Les vibrations de la structure augmentèrent encore. Elles résonnaient au point de masquer tous les autres bruits, assourdissant les hommes malgré leurs casques.

— Accrochez-vous ! retentit la voix d'Atlan. Chavendish, dérivez l'énergie des neutralisateurs d'accélération vers la propulsion, et ainsi que celle des puits antigrav et des bandes transporteuses !

Un nouveau son se superposa à l'éprouvante cacophonie : suraigu, à la limite de l'insupportable. Perry Rhodan savait d'où il provenait : les générateurs d'impulsions et les guides d'ondes énergétiques étaient surchargés. Ils ne tiendraient pas une minute de plus. Atlan jouait là sa dernière carte, et vu son expérience, il devait juger la situation désespérée.

— Combien ? hurla Rhodan pour dominer le tumulte.

— Six cent quinze ! répondit de même l'Arkonide. Encore quelques secondes…

Sa voix fut couverte par les cris de douleur de l'équipage. Le sifflement strident s'était tu, mais seulement pour les oreilles des humains. Il avait grimpé dans le domaine des ultrasons, et vu les ressources énergétiques mobilisées, les organismes des hommes ne tarderaient pas à en être affectés.

Rhodan se mordit les lèvres jusqu'au sang pour réprimer la souffrance. Il avait l'impression que son cerveau trempait dans de l'huile bouillante. Devant ses yeux défilaient des vagues rouges. Sa colonne vertébrale semblait faite de métal en fusion, et chacune de ses fibres nerveuses irradiait dans sa chair comme un fil incandescent.

Il lutta avec acharnement contre l'évanouissement qui menaçait : s'il perdait maintenant connaissance, ce serait la fin. Il devait se lever et aller au pupitre de commande pour couper les propulseurs. Atlan n'en était peut-être plus capable.

Sa volonté ne suffisait pourtant pas à faire effectuer à ses muscles un travail coordonné. Ses mains tâtonnaient sur le harnais de sécurité, à la recherche de la fermeture. Il la trouva. Les bandes de polymère se rétractèrent. Il ne put cependant se mettre debout.

Une fois de plus, il faillit sombrer dans l'obscurité bienfaisante de l'inconscience. À peine percevait-il encore le déchaînement des générateurs.

Quand les voiles devant ses yeux s'éclaircirent, Perry crut que son esprit lui jouait un tour pour adoucir la fin proche. Mais il se rendit compte que les vibrations avaient cessé, et qu'il pouvait à nouveau entendre le faible bourdonnement de son télécom de casque.

Prudemment, il se redressa, lâcha un accoudoir, puis l'autre. Les voiles rouges revinrent tourbillonner dans son champ de vision. Il domina le vertige et gagna en chancelant le pupitre de pilotage.

Atlan s'était évanoui. Seul son harnais l'avait empêché de tomber. Sa main droite se crispait encore sur le levier avec lequel il avait ramené l'accélération à son minimum.

Un regard sur les instruments informa le Stellarque que le *Rolin* naviguait à une vitesse de 650 kilomètres par seconde dans l'espace libre. Le soleil se trouvait déjà à un million de kilomètres. Perry rouvrit son casque, brancha l'intercom et annonça :

— Ici Rhodan ! Nous sommes tirés d'affaire, les gars ! Ordre aux médirobots : intervention avec des stabilisateurs de circulation sanguine. Terminé !

*
* *

À nouveau, la surface aux bandes multicolores de Jupiter remplissait la moitié de la galerie panoramique. Cette image impressionnante avait déjà poussé des âmes sensibles au bord de la folie. Mais sur les hommes du *Rolin*, elle n'avait aucune prise car ils étaient, eux, littéralement revenus de l'enfer.

Lentement, le vaisseau scientifique descendait vers Callisto.

Perry Rhodan et Atlan observaient en silence la surface déserte de la lune, les coupoles et les bâtiments cylindriques de la Direction de la Recherche, l'écran d'énergie chatoyant derrière lequel s'abritaient le logement et la chaloupe de l'Accalaurie.

Quand les blocs-propulsion s'arrêtèrent, les deux immortels échangèrent un regard.

Et maintenant ?

Telle était la question qui les taraudait, eux et tous ceux qui connaissaient la menace mortelle qui émanait du Soleil.

— Persiste-t-il dans son idée selon laquelle un satellite tueur doit transformer notre étoile en nova ? demandait l'Arkonide à voix basse.

Perry hocha affirmativement la tête. Une demi-heure plus tôt, il s'était entretenu avec Accutron Mspoern et Lobbyhuvos.

— Il en est sûr et certain. Avec ses appareils spéciaux, il a pu réaliser des mesures dans les couches inférieures de la chromosphère, au contraire de notre centrale de détection. Malheureusement, les finesses de sa théorie nous échappent, à moi comme à notre astrophysicien, mais Accutron maintient que la diminution d'énergie cinétique des atomes au sein du Soleil doit être imputée à une influence extérieure. Et je n'ai aucune raison d'en douter. Les Accalauries en savent plus que nous sur ce type de processus intra-stellaires.

Le Lord-Amiral Atlan eut un sourire désabusé.

— Tu réalises, Perry, que cet Antimatériel sera peut-être le sauveur de l'Humanité ?

— Je n'ose imaginer ce qui se serait passé si nous ne l'avions pas récupéré dans l'espace, répondit Rhodan avec un frisson.

— Nos astrophysiciens auraient probablement identifié la menace au dernier moment, trop tard pour sauver plus que les seuls équipages des vaisseaux prêts au départ. L'issue fatale nous aurait totalement pris au dépourvu, termina-t-il dans un rire.

Le Stellarque fronça les sourcils.

— Cette idée t'amuse… ?

— Ce n'est pas l'idée qui me fait rire, Perry, expliqua Atlan, redevenu sérieux. Non, je me disais que personne n'aurait risqué de sauver l'Accalaurie, personne sauf toi ! Tout autre aurait pesé le pour et le contre, et en aurait conclu que le danger d'annihilation excédait le bénéfice éventuel d'une entente avec quelques créatures d'antimatière naufragées.

— Mais je ne l'ai pas fait dans l'espoir d'être payé en retour ! protesta Rhodan. Il se trouve que l'étranger avait besoin d'aide. Ne devais-je pas lui apporter la nôtre ?

— Si, bien sûr, répondit l'Arkonide, pensif. Tu devais le faire car c'est ce que te dictait ta conscience. (Il soupira.) Souvent par le passé, je t'ai reproché tes excès d'humanité, et souvent d'ailleurs, tu as reçu des coups en remerciement. Mais tu as toujours agi justement. Cette fois, tu recueilles un bien pour le bien, et cela compense toute l'ingratitude que tu as pu subir. Sans ton indéfectible bienveillance, l'humanité solaire aurait été irrémédiablement perdue.

Rhodan se récria :

— Tu exagères. Je suis sûr que beaucoup de gens auraient agi de même à ma place. L'Humanité n'est pas composée uniquement d'égoïstes. En outre, le danger n'est pas écarté pour autant. Je suis satisfait que Deighton ait déjà activé le parachèvement du nouveau vaisseau de recherche stellaire.

— Tu veux retourner dans cet enfer, Perry ? Non ! Pas question que tu mettes encore ta vie en jeu. Les Terraniens ont besoin d'une personnalité forte qui leur indique le chemin, particulièrement dans les temps troublés. Que cette dépendance subconsciente à un idéal personnifié soit positive ou négative, on pourrait en discuter, mais on ne peut pas ignorer la réalité du phénomène.

— Les cosmopsychologues considèrent cela comme positif, Monsieur, s'immisça le docteur Meng Tse, qui s'était subrepticement glissé aux côtés des deux hommes. L'histoire de toutes les civilisations nous enseigne qu'elles connaissent toujours une floraison si elles sont dirigées par de grands personnages, et qu'elles dégénèrent s'il leur manque un idéal positif. Dans l'absolu, d'ailleurs, les démagogues et les dictateurs aussi peuvent remplir ce rôle, même si ce n'est que temporaire. Bien sûr, vous, Stellarque, vous ne vous êtes pas imposé par la démagogie, et ne régnez pas en dictateur. Vous êtes devenu un idéal pour l'Humanité par votre travail opiniâtre et votre constant souci de justice et de tolérance.

— Assez, n'en jetez plus ! s'irrita Rhodan. Je n'agis pas ainsi pour plaire aux gens !

Meng Tse arbora un sourire impénétrable.

— Précisément, Monsieur. Mais… veuillez m'excuser d'avoir interrompu votre conversation.

Il s'inclina légèrement, et s'en fut. Perry Rhodan le regarda s'éloigner en hochant la tête. Atlan, lui, ne cachait pas sa gaieté.

— Tu te trompes si tu t'imagines que Meng Tse t'a lancé des fleurs ou te cirait les pompes. C'est exactement l'inverse : il vient de te passer un savon parce qu'il trouve, en tant que cosmopsychologue, que l'Humanité *a* besoin de toi. Ce qu'il voulait dire en réalité, c'est : « Ne va pas risquer ta vie quand d'autres peuvent faire le travail aussi bien, mais tiens-toi prêt pour les cas les plus graves. »

Perry déglutit. Il finit par sourire lui aussi.

— Fameux savants qui développent une argumentation sans dire quelle thèse ils soutiennent !

Les deux hommes partirent d'un grand éclat de rire, puis en revinrent aux affaires sérieuses.

— Que cela me plaise ou non, je vais devoir soumettre Lord Zi-Èvuss à un nouveau sondage mémoriel, constata Rhodan à contrecœur. Il doit en savoir beaucoup plus que ce qu'il nous a révélé jusqu'à maintenant.

Le Lord-Amiral Atlan lança à son ami un regard dubitatif. Si bas que personne d'autre ne pouvait l'entendre, il murmura :

— J'espère qu'il ne nous en dira pas plus que nous ne souhaiterions en apprendre…

CHAPITRE VI

Le colonel Hubert Selvin Maurice attendait impatiemment le rapport de l'unité de détection.

Sa *Gazelle* naviguait à environ huit mille deux cents parsecs du centre de la Voie Lactée, au-dessus du plan galactique. La vitesse de l'aviso, relativement aux étoiles proches, atteignait vingt kilomètres par seconde, dans la direction de la constellation d'Hercule. Elle parcourait simultanément une orbite elliptique à deux cent soixante kilomètres par seconde autour du noyau de la Galaxie.

Ce mouvement s'alignait précisément sur celui d'un point situé au beau milieu de l'espace, vide en apparence : les coordonnées du seuil temporel au-delà duquel le Système Solaire, avec ses neuf planètes et ses vingt-cinq milliards d'habitants, se dissimulait en permanence à cinq minutes dans un avenir non encore réalisé.

Hubert Maurice se demandait comment le présent et le futur se comportaient réellement l'un par rapport à l'autre. Les savants terraniens maîtrisaient peut-être le processus et la situation, mais personne n'avait encore publié une explication satisfaisante à cent pour cent sur la nature de cette fonction de causalité. Si cela avait été le cas, il en aurait été informé. En tant que chef du Commando de Sécurité du Stellarque et mandataire extraordinaire de celui-ci hors du Système Fantôme, il appartenait au cercle restreint des initiés qui jouissaient de la confiance absolue de Perry Rhodan, de la Défense Solaire et Nathan, la positronique lunaire.

Il ignorait pourtant qu'on ne lui avait pas confié l'ultime et le plus important secret. Non que les trois instances décisionnaires doutassent de sa loyauté absolue à l'égard de l'humanité solaire, mais parce qu'il était une personne de chair et de sang.

Et parce qu'il l'ignorait, il réfléchissait au problème du déplacement temporel. On considérait Maurice comme pointilleux, mais il était en plus opiniâtre. Il s'appuya au dossier de son fauteuil et examina le miroitement rougeâtre de l'« œil » du cerveau spécial de son navire-courrier.

— Peut-être pourrais-tu m'aider, Mouse, murmura-t-il.

Hubert Selvin Maurice s'adressait toujours à son cerveau P personnel en le nommant « Mouse ». On aurait pu appeler cela une manie. Mais sans cette dernière, la positronique de test sise sur le satellite de la Terre ne l'aurait pas accepté pour sa tâche à très haute responsabilité. Or, l'objection d'un seul des trois décideurs suffisait pour rejeter une candidature. En l'occurrence, l'ordinateur d'évaluation avait jugé – entre autres – qu'une personne qui doit taire à ses proches presque tout ce qui concerne sa vie, a besoin d'un exutoire qui lui offre des possibilités de communication sûres tout en lui ménageant une relation personnelle et intime.

— En quoi faut-il t'aider, Hubert ? prononça la voix à l'intonation humaine du cerveau P de bord.

— J'ai un problème, Mouse. Comme tu le sais, le système d'origine de l'Humanité se trouve déphasé à cinq minutes vers l'avenir. Comment peut-il, dans ces conditions, occuper le même point de l'espace que celui où il se situerait s'il était encore dans le plan temporel standard ?

— C'est une question délicate pour une positronique, Hubert, répondit Mouse. Il manque aux créatures comme moi quelque chose qui, chez les êtres organiques, a son siège dans le cervelet et la moelle épinière et est corégulé par le jeu de différentes hormones. Je veux parler de la perception subjective du temps, que l'on ne peut appréhender d'un point de vue strictement logique. Je suis capable de te fournir une réponse, mais elle ne t'aidera pas beaucoup.

— Dis donc voir, ordonna Maurice.

— D'abord une question : si le Système Solaire ne se trouve pas simultanément dans l'avenir et à sa position dans le présent, où se situe-t-il, alors ?

Hubert S. Maurice réfléchit puis répondit, non sans une certaine satisfaction quant à sa science :

— Là où la résultante de ses mouvements l'a conduit sur cinq minutes.

— Donc en un point parfaitement définissable dans l'espace ?

— Oui, naturellement... approuva le colonel. Euh... Mais dans ce cas, il ne serait plus caché, car ce point précis de l'espace n'échappe pas à l'observation. Il y a là un paradoxe.

— Je ne crois pas, Hubert. Si un point de l'espace est visible dans le plan temporel standard, cela signifie *ipso facto* qu'il se trouve dans ce plan temporel, à savoir dans notre présent. Les trois dimensions spatiales et la dimension temps forment une unité que le savant terrien Einstein reconnaissait déjà. Exact ?

— Je suis d'accord, Mouse. Toutefois, l'avenir ne peut pas se situer dans un autre espace ; et s'il en est bien ainsi, il doit être englobé dans cet espace-ci.

— Je crois que je peux te donner mon hypothèse, avança le cerveau positronique. Le futur ne préexiste pas dans le temps présent, il n'y a qu'une *tendance* vers ce futur. Une tendance qui caractérise ici et maintenant ce qui existe dans ce plan-ci : une matérialité à venir. Naturellement, elle est affectée de nombreux facteurs d'incertitude, car la manière dont elle se réalisera dépend des événements qui ont lieu dans le présent. C'est pourquoi de l'extérieur, on ne peut rien voir du Système Fantôme : les lignes de force qui le déterminent sont déjà là, mais elles ne sont pas encore stabilisées. Ce n'est que quand le futur devient présent que son existence matérielle se stabilise.

— D'où aussi la notion de « zone labile », murmura Maurice. Donc, Sol et ses planètes se trouveraient en un endroit qui n'existe pas encore... À nouveau un paradoxe !

— Nullement. La contradiction elle-même rendrait le fait impossible. Comme je te l'ai dit, il me manque, pour te répondre parfaitement, une perception subjective du temps comme la tienne. Je crains fort que notre imagination ne nous permette pas d'appréhender complètement cette réalité. En conclusion, je te dirai que le Système Solaire ne se situe pas dans un *endroit* au sens habituel du terme. Il court dans un faisceau de lignes de force non encore stabilisées qui devancent le présent, sa matérialité est maintenue par un champ de stabilisation, et il subsiste en tant qu'objet hétérogène au sein du chaos.

Hubert Selvin Maurice se massa les tempes, comme si cet exercice intellectuel lui avait donné la migraine, et soupira.

— Je n'aurais pas dû te confier ce problème, Mouse. Tes tentatives d'explication ne font que m'embrouiller davantage.

— N'ai-je pas traité ta question suffisamment en profondeur, Hubert ? s'inquiéta la positronique.

— Oh si ! Tu l'as même disséquée jusqu'à la moelle. Tout ce que j'ai compris, c'est que le Système Fantôme n'est pas physiquement accessible parce que là où, paraît-il, il se trouve, une existence stable n'est pas encore possible.

— Le principal, Hubert, c'est que tu sais qu'il existe, objecta doucement le cerveau P. Et tu y seras dans quelques minutes.

— Peut-être bien que oui, peut-être bien que non, Mouse. Toute matière stable au départ et qui passe par le chronobief ne se réduit-elle pas à une composante intangible du champ de force émis par le Système Solaire à l'instant de son déphasage vers l'avenir ?

— Théoriquement, ce serait admissible, mais on pourrait alors affirmer la même chose pour l'univers extérieur tout entier. Pour quelqu'un qui est partie intégrante d'un champ, il est impossible de considérer comme immatérielles des structures qu'il perçoit comme stables. Si nous regardons l'Univers connu comme physiquement stable – non pas de façon ponctuelle mais au sens dynamique du flux temporel qui s'écoule –, il s'ensuit que le Système Solaire présente une matérialité stable, mais dans un plan temporel supérieur. Et il est protégé des influences de l'instabilité environnante par l'enveloppe invisible du champ de confluence antitemporelle.

Le colonel Hubert S. Maurice hocha la tête et prit la ferme décision de ne plus jamais discuter de problèmes de cette nature avec une positronique. Il ne se sentait guère plus avancé, et se demandait si c'était vraiment une question de perception subjective du temps ou si le cerveau P était vraiment incapable de fournir une meilleure explication.

À cet instant heureusement, les détecteurs terminèrent leurs mesures et donnèrent le feu vert, c'est-à-dire qu'ils annoncèrent que l'espace était libre de tout objet solide dans un rayon d'au moins quarante millions de kilomètres, et d'activité quintidimensionnelle sur une distance minimale d'une demi-année-lumière alentour.

Ces conditions garantissaient qu'un accès au chronosas resterait inobservé. D'un signe, Hubert Selvin Maurice commanda à Mouse de diriger l'aviso vers les coordonnées précalculées. Comme à chacun de ses passages, le côté mystérieux du processus chatouillait l'imagination de l'officier. Depuis le plan standard, le seuil temporel était absolument invisible. Ce n'était qu'à l'instant où l'on franchissait cette porte que se révélait l'entrée d'un gigantesque tunnel formé par le flux énergétique de conversion entre les deux plans. Dans le secteur blanc du sas, Maurice reconnut l'ogive flamboyante du transmetteur qu'empruntaient sans interruption, guidés par des faisceaux de transfert, les énormes conteneurs en provenance et à destination de la planète Olympe.

Sous les yeux du colonel, la polarité du dispositif s'inversa : pour un laps de temps déterminé, les marchandises du Système Solaire seraient acheminées vers le monde d'Anson Argyris.

Maurice pouvait aussi voir l'anneau des stations de

surveillance et de communication. Elles étaient ancrées dans le plan temporel standard, mais pour un observateur qui s'y trouvait, elles ne présentaient pas d'existence physique car le champ de confluence anti-temporelle les englobait dans sa sphère d'influence.

— Dans deux minutes, nous obtiendrons une ligne de transfert, Hubert, annonça le cerveau P.

Maurice opina du chef. Il était impatient de regagner le Système de Sol. Non parce qu'il avait été rappelé avant la fin de sa mission, mais parce que la patrie de l'Humanité lui apparaissait encore plus précieuse depuis qu'elle était dissimulée dans l'avenir. Le colonel tremblait parfois à l'idée que la connexion entre présent et futur se rompe un jour, que jamais il ne puisse savoir ce qu'il était advenu du Soleil et de ses planètes.

Il se rejeta en arrière dans son siège quand son vaisseau franchit enfin le seuil temporel pour s'engager dans le « couloir chromatique ». Après le secteur blanc éclatant, il traversa successivement une zone vert clair, puis une jaune et une rouge. La dernière « tranche » s'illuminait d'un pourpre profond. Sans transition, la *Gazelle* déboucha au-dessus de Mercure.

— Nous rentrons à la maison, Mouse ! lança Hubert avec enthousiasme. Revoilà notre bon vieux Soleil ! ajouta-t-il en tendant les mains vers le disque flamboyant de l'étoile.

*
* *

Trois inspecteurs de la Défense Solaire avaient abordé la *Gazelle*. Maurice, colonel et chef du C.S.S., leur était hiérarchiquement supérieur. C'est pourquoi il se sentit atteint dans son honneur quand ils le soumirent à un interrogatoire serré.

— Peut-être savez-vous que je suis Hubert Selvin Maurice, Messieurs ?

Il réprimait difficilement son irritation, sans toutefois que son visage trahisse ses sentiments. Seuls ses broussailleux sourcils gris argenté se fronçaient légèrement.

Le responsable du commando, qui s'était présenté sous le nom de « major Smith », exprima ses regrets en haussant les épaules, sans relâcher d'un iota sa vigilance. Les deux autres gardaient une main sur la crosse de leurs paralysateurs.

— Nos consignes émanent du chef de la Défense Solaire en personne, colonel Maurice.

Brusquement, l'officier changea de ton. Fixant son vis-à-vis avec hostilité, il assena durement la question suivante :

— Vous essayez d'introduire des espions d'un peuple étranger ! Sur ordre de qui ?

— Qu'est-ce que… ? commença Hubert en bondissant de son fauteuil.

Il y fut aussitôt replaqué par les assistants du major.

— Vous ne vous attendiez pas à ce qu'on vous démasque si facilement, pas vrai ? jubila Smith. Nos détecteurs paramécaniques montrent clairement qu'à bord de votre vaisseau se trouvent des organismes étrangers, avec des impulsions mentales tout aussi étrangères !

Le chef du C.S.S. comprit immédiatement de quoi il retournait. Pourtant, loin de s'expliquer, il n'en laissa rien paraître. Il allait donner à cette espèce de paranoïaque une leçon qu'il n'oublierait pas de sitôt. Certes, la méfiance se justifiait quand il s'agissait de préserver un secret dont dépendait la sécurité de l'humanité solaire tout entière. Toutefois, le soupçonner, *lui*, Hubert Selvin Maurice, de tenter de glisser naïvement des intrus au nez et à la barbe des capteurs télépathiques, cela dépassait les bornes !

— Des organismes étrangers… répéta-t-il lentement. Avec des impulsions mentales étrangères…

— Radicalement étrangères, même ! insista triomphalement le major. Ou alors, celles d'un mutant qui cherche à nous berner.

Le colonel Maurice sourit d'un air moqueur.

— Pourquoi ne le chercheriez-vous pas, Messieurs ? Mon navire vous est grand ouvert.

Le visage de Smith virait peu à peu au rouge.

— Et nous irions nous jeter dans la gueule du loup ? Non, vous ne nous aurez pas comme ça, ni vous ni un quelconque mutant. C'est vous qui allez nous conduire à vos « invités », colonel !

— Pourquoi ne leur dis-tu pas… amorça la positronique de bord afin d'épargner des ennuis à son partenaire.

— Silence, Mouse ! coupa celui-ci.

Le major Smith avait dégainé son paralysateur en entendant la voix du cerveau P. Il le rangea et ricana avec satisfaction à l'adresse de ses compagnons.

— Inutile que votre « Mouse » s'en mêle, colonel. Allez, emmenez-nous voir vos passagers clandestins. Je ne vous conseille pas de tenter quoi que ce soit. À la moindre entourloupe, on vous descend.

— Je m'en doute, répliqua sèchement Maurice.

Il précéda les trois agents et descendit dans la soute. L'un des hommes se posta devant l'accès au puits, l'autre à côté de la porte à serrure tactile. Leur chef appuya le canon de son arme dans le dos du suspect.

— Ouvrez !

— Ce n'est pas fermé.

Ce disant, Hubert posa la paume de la main sur le métal. Le panneau coulissa en silence.

Ils pénétrèrent dans un entrepôt tout à fait classique, étroit – aux mesures d'une *Gazelle* – et rempli de conteneurs de toutes tailles, en acier ou en plastique. Tout à fait à l'arrière-plan, dans une caisse dont une face était grillagée d'un treillis à mailles serrées, quelque chose remuait en produisant des bruits étouffés.

— Qu'est-ce que c'est que ça ? s'exclama Smith.

Il écarta Maurice et s'avança résolument. Il s'accroupit devant la petite grille, regarda à l'intérieur – et tomba soudain en arrière, comme si un poing invisible l'avait frappé.

— Eh ! Que se passe-t-il ? balbutia l'un des gardes en pointant son arme sur le colonel. Qu'y a-t-il là-dedans ?

Hubert S. Maurice pinça les lèvres afin de ne pas éclater de rire, puis expliqua avec un étonnement feint :

— Vous n'avez jamais vu de lapins ? Ce sont deux mâles reproducteurs, des béliers bleus. Cette race est originaire d'Olympe.

— Des lapins… se lamenta Smith, consterné. Deux foutus lapins !

Il proféra une impressionnante litanie de jurons.

Maurice le considéra d'un œil innocent.

— Je les ai ramenés pour un ami passionné d'élevage. Vous avez une dent contre les lapins, major ?

Smith déglutit.

— Mais… Mais alors… ce sont les impulsions mentales de ces bestiaux que les détecteurs… ?

Il ne comprenait pas encore comment il avait pu commettre une telle méprise. Il se tourna vers Maurice, l'air mauvais.

— Pourquoi ne m'en avez-vous pas informé immédiatement ? l'apostropha-t-il en lui brandissant son paralysateur sous le nez.

— Parce que vous ne m'avez pas posé la question. Quand vous avez repéré des émissions psi non identifiées à bord de ma *Gazelle*, m'avez-vous demandé une explication ? Non ! Vous m'avez aussitôt traité comme un espion qui essayait d'introduire des agents étrangers. Vous conviendrez maintenant avec moi que ces lapins n'ont évidemment rien à voir avec une infiltration ennemie.

Le major essuya la sueur qui perlait à son front. Il était devenu très pâle.

— Si cette histoire s'ébruite, je serai dégradé, renvoyé de la Défense, murmura-t-il. Tout ça à cause de deux lapins…

Il regarda le colonel Maurice d'un air suppliant.

— Vous ignorez probablement que dans tout le Système Fantôme, nous sommes passés en alerte jaune… et personne ne nous a dit pourquoi…

Hubert haussa les sourcils.

— Hum ! Cela jette un autre éclairage sur votre erreur, major. Bien, j'oublierai cet incident. Sauf si…

— Si… quoi… ? demanda Smith d'une voix tremblante.

— Si les deux lapins déposent plainte pour avoir été indûment suspectés d'intelligence avec une puissance hostile.

— Je vous remercie, colonel, dit le major avec un sourire de soulagement.

Il remarqua qu'il tenait toujours son paralysateur pointé sur Maurice, et remit prestement l'arme dans son étui.

— Veuillez nous excuser de vous avoir retenu inutilement. Pouvons-nous quitter le bord ?

— C'est même votre devoir. Vous avez des impulsions étrangères à détecter.

*
* *

Le chef du Commando de Sécurité du Stellarque hocha la tête en regardant la nef discoïdale des trois contrôleurs qui s'en retournait en direction de la gueule rouge sombre du sas temporel.

— La conduite de ces hommes témoigne d'une grande nervosité latente, Mouse, diagnostiqua-t-il, très perplexe. Je voudrais bien savoir ce qui se passe ici. Tout a pourtant l'air normal… N'est-ce pas ?

Le cerveau P, qui était à la fois les yeux et les oreilles du vaisseau, émit un bref bourdonnement, des témoins clignotèrent, et des diagrammes s'affichèrent sur les moniteurs.

— Tout est normal, Hubert. Rien à signaler.

— Hum ! Peut-être ne s'agit-il que d'un exercice, murmura Maurice.

Cependant, il n'y croyait pas. L'attitude extrêmement tendue des inspecteurs lui donnait matière à réflexions. La Défense Solaire n'employait pas de collaborateurs psychiquement instables. Il devait donc réellement se dérouler des événements particuliers.

— Cap sur Callisto, Mouse ! intima-t-il.

La *Gazelle* accéléra. Bientôt, l'entrée du chronosas ne fut plus visible que sous la forme d'un point rougeâtre sur les écrans de poupe. À l'issue d'un vol linéaire de dix minutes, l'aviso émergea dans la proche banlieue de Jupiter. La positronique prit d'elle-même contact avec la station de contrôle de Callisto, puis supervisa l'atterrissage sur l'astroport situé à côté de l'administration centrale de la Direction de la Recherche Solaire.

Le colonel veilla à ce que les deux lapins reçoivent régulièrement leur nourriture. Quand il en aurait terminé avec ses devoirs, il les emmènerait sur Terre, chez son ami éleveur.

Une ordonnance le conduisit au bureau où l'attendaient le Stellarque et le maréchal solaire Galbraith Deighton. Par-dessus une tenue spatiale simple, Perry Rhodan portait sur les épaules le symbiote Whisper, qui s'était complètement étalé et se drapait telle une pèlerine tissée d'une très fine soie. Ses quelque deux cents organes photosensibles brillaient toujours du même feu iridescent que des diamants au poli de la plus haute qualité.

Hubert S. Maurice salua de manière réglementaire, bien que ni Rhodan ni Deighton n'y attachassent d'importance. Ils préféraient appliquer le simple savoir-vivre. Mais le colonel cultivait avec méticulosité l'observation de ce qu'il appelait « un minimum d'étiquette civilisée ».

— Colonel Maurice, détaché en mission spéciale à l'extérieur : de retour et à vos ordres, prononça-t-il en fixant droit dans les yeux d'abord Rhodan puis Deighton, avant de revenir au premier. Monsieur, auriez-vous l'obligeance de transmettre mes salutations à Whisper ?

Le Stellarque sourit.

— Toujours le même… murmura-t-il, puis il baissa un bref instant les paupières et les rouvrit. Whisper vous remercie et vous salue également. Il se réjouit que vous ne l'ayez pas oublié.

Hubert S. Maurice toussota avec dignité.

— C'est normal, Monsieur. Whisper n'est-il pas un être vivant intelligent, tout autant que vous ou moi ?

Il changea de sujet.

— J'ai pu constater qu'il règne dans le Système Solaire une grande nervosité, qui confine presque à l'hystérie. La raison est sûrement à en chercher ici même, car rien ne menace de l'extérieur, pour autant que je le sache.

Une ombre glissa sur le visage de Rhodan.

— Si vous-même, à peine rentré, l'avez déjà remarqué, c'est que cela se passe plus mal que nous le supposions, Maurice. Il semble que nous ayons sous-estimé la puissance de l'inconscient collectif humain. Nous sommes sûrs qu'aucun des quelques « initiés » n'a trop parlé. Pourtant, dans les centres les plus peuplés des planètes solaires, l'inquiétude est réelle et croissante. Le maréchal Deighton parle à ce propos d'une « cocotte-minute psychologique ».

— C'est pourquoi je vous ai rappelé, intervint Galbraith. Je pense que vous devez reprendre votre fonction à la sécurité personnelle du Stellarque. Force m'est de reconnaître que vous êtes la personne la plus fiable pour cette tâche.

Maurice contempla quelques secondes la pointe de ses bottes, puis releva la tête :

— Merci beaucoup, Monsieur. Mais je voudrais savoir…

Perry Rhodan opina du chef.

— Voici ce qui s'est produit depuis votre départ…

Il exposa au colonel le sauvetage de l'Accalaurie et de son lobbyhuvos, le fait qu'Accutron Mspoern pouvait métaboliser directement l'énergie solaire, et qu'il avait ainsi découvert de dangereuses irrégularités dans le bilan énergétique du Soleil.

— Mspoern parle d'un satellite tueur en orbite très basse. Le maréchal Deighton a réévalué dans cette optique toutes les données qui avaient été enregistrées lors des forages profonds dans la fosse des Tonga. Il en est arrivé à la conclusion que les centrales énergétiques dont nous avions mesuré les émissions et cet engin intra-solaire constituent deux aspects d'un même problème, à savoir cette arme à retardement sur laquelle nous avions en vain spéculé jusque-là.

Hubert S. Maurice s'efforça de ne rien laisser paraître de son émotion.

— Mais qui a projeté il y a deux cent mille ans la destruction de l'humanité solaire d'aujourd'hui ? Et surtout, pourquoi ?

Rhodan haussa les épaules.

— Nous l'ignorons. Tout ce que nous savons d'après les sondages paramécaniques réalisés sur le Néandertalien Lord Zi-Èvuss, c'est qu'à cette époque, à côté des préhominiens coexistaient déjà des hommes modernes, les ancêtres directs de l'*Homo sapiens* actuel. Entre ces deux espèces se sont développés des conflits autour des territoires de chasse, qui, à terme, ont mené les Néandertaliens à l'extinction.

« Mais les interrogatoires de notre ami ont aussi démontré que des intelligences étrangères venues de l'espace se sont posées sur la Terre. Ces gens utilisaient souvent les humains les plus avancés comme auxiliaires, entre autres pour capturer des Néandertaliens, probablement à des fins d'examens très complets. Dans quel but, mystère. Quoi qu'il en soit, Lord Zi-Èvuss a été conservé en stase énergétique par ces étrangers, si bien qu'en temps subjectif, ces deux cent mille ans ne lui ont paru durer que deux ans.

Hubert S. Maurice réfléchit en fronçant les sourcils. Puis il formula une recommandation :

— Zi-Èvuss pourrait en savoir bien plus que ce qu'ont révélé jusqu'ici les analyses de son contenu mémoriel, Monsieur. Peut-être devrions-nous réitérer le sondage.

Perry Rhodan approuva d'un hochement de tête.

— C'est exactement ce que nous avons prévu, et vous allez y assister. (Il soupira.) Voyez-vous une meilleure méthode que d'extraire les souvenirs profonds de Lord Zi-Èvuss ? Il est vital que nous en apprenions davantage, Maurice !

Le colonel pensa aux contrôleurs surexcités et à la « cocotte-minute » de Deighton. Abstraction faite de la nova qui menaçait, c'était là le danger majeur.

Est-il possible... qu'un rayonnement émanant de l'intérieur du Soleil agisse sur le subconscient de la population ? se demanda Maurice.

Rhodan, qui l'avait précédé, s'arrêta soudain et le scruta d'un air étrange.

— Ce n'est peut-être pas si loin de la vérité, murmura-t-il.

*
* *

Des unités d'examen paramécanique avaient été assemblées dans l'hémicycle de la salle de démonstration du commando expérimental. Sur une couchette spéciale reposait Lord Zi-Èvuss. Son corps puissant et débordant de vitalité apparaissait mal proportionné au regard des canons actuels. Les jambes relativement courtes et trapues et les longs bras musclés évoquaient encore ses ancêtres simiens. La forme du crâne et les traits ressemblaient également peu à ceux de l'*Homo sapiens*. Pourtant, ils avaient quelque chose d'indubitablement humain. La pilosité brun foncé ne pouvait plus être qualifiée de « fourrure » car elle montrait des différenciations nettes.

Le colonel Hubert S. Maurice alla s'asseoir à côté de L'Émir. Le docteur Meng Tse prit place à sa droite. D'autres hommes de la Défense et des scientifiques occupèrent peu à peu les rangées de l'amphithéâtre. Personne ne soufflait mot. Plongé dans ses pensées, chacun fixait l'écran holovidéo du projecteur mental.

Le maréchal solaire Galbraith Deighton fit son entrée dans la salle en compagnie de plusieurs médecins. Leur unique tâche était de veiller à ce que le Néandertalien ne subisse aucun dommage ni physique ni psychique.

Deighton s'arrêta devant le tableau de commande des appareils spéciaux et se saisit d'un microphone.

Il en vint au fait sans s'embarrasser de formalités :

— Comme le savent la plupart d'entre vous, le dispositif d'investigation paramécanique travaille comme un psycho-visualisateur, si ce n'est qu'ici, aucune image mentale n'est projetée volontairement. Il s'agit d'une simple restitution de contenus mémoriels auxquels le sujet n'a plus un accès conscient. Vous allez voir une sorte de séquence d'images fantômes, presque comme une rétrospective d'une vie antérieure. Pour Lord Zi-Èvuss, la procédure ne présente bien entendu aucun danger et est totalement indolore.

« Attention ! Je commence par les couches supérieures du subconscient !

Le moniteur holographique du psycho-projecteur sembla se remplir d'un brouillard pâle qui tourbillonna pour former graduellement une image.

Une troupe de Néandertaliens détalait devant des

hommes modernes, sur des falaises sombres au bord d'un océan. Les fuyards étaient physiquement les plus forts, mais ils n'étaient armés que de massues, de frondes et de quelques bifaces, alors que leurs poursuivants portaient déjà des lances à propulseur, des arcs et des flèches ainsi que des haches en pierre polie. Les attaquants faisaient en outre preuve de réflexion tactique, au contraire des hommes de Néandertal qui ne semblaient connaître que la brutale charge en force ou la retraite désordonnée.

La scène s'effaça, pour céder la place à un vaste plateau rocheux. Des bâtiments s'élevaient vers le ciel, qui auraient tout aussi bien pu se trouver sur la Terre du XXXVe siècle après Jésus-Christ. Entre ceux-ci s'étalaient des pistes parfaitement planes. De temps à autre atterrissaient des engins volants, dont les contours étaient à l'évidence mal restitués par les perceptions limitées de Zi-Èvuss. Ils ne ressemblaient néanmoins à aucun appareil identifiable.

— Pour le moment, nous n'avons rien vu que le précédent examen ne nous ait déjà montré, observa Meng Tse.

Maurice approuva d'une légère inclinaison de la tête. Il était en effet au courant des résultats. Lord Zi-Èvuss avait été capturé et conduit via un puits antigrav loin sous la surface de l'ancien continent de Lémuria. Pour autant qu'on puisse s'en rendre compte, sous leurs tenues de protection, les étrangers étaient humanoïdes. Les visages derrière les casques restaient invisibles. Dans la peur panique et l'angoisse de la mort qui l'avaient étreint, le Néandertalien n'avait, c'était compréhensible, prêté aucune attention à l'allure de ses geôliers ; par conséquent, elle ne pouvait pas être ancrée dans sa mémoire profonde.

Les scènes suivantes étaient également connues : Lord Zi-Èvuss avait entrepris une tentative de fuite qui s'était soldée par un échec. Il s'était retrouvé, paralysé par des radiants-choc, sur une table étroite au-dessus de laquelle tournait une sphère rayonnante. Les ombres indistinctes de plusieurs étrangers entouraient la table et conversaient dans une langue inconnue, de surcroît altérée par le filtre de la perception et de la mémorisation.

Hubert Selvin Maurice se pencha en avant quand le brouillard tourbillonnant se reforma sur l'écran. Les souvenirs du Néandertalien s'interrompaient à ce moment-là.

Le maréchal Deighton pianota sur quelques touches et procéda à une nouvelle série de réglages.

La brume reprit lentement corps. Avec une certaine imagination, on pouvait deviner de lourdes machines en train d'être déchargées d'un vaisseau spatial de type inconnu. Des robots à l'enveloppe de métal brillant, aux contours déformés par les émotions et les sentiments primitifs du Néandertalien, marchaient avec fracas à l'avant-plan.

L'image s'assombrit, puis montra la surface de la Lune. Apparemment, les étrangers avaient emmené leur prisonnier pour un vol spatial avant de le plonger en sommeil profond.

Soudain, le paysage gris cendré, parsemé de cratères, se changea en une gueule béante de monstre.

Lord Zi-Èvuss poussa un cri perçant. Il tirait sur les sangles qui le maintenaient. Lèvres retroussées, il découvrait sa puissante dentition.

— Débranchez ! ordonna la voix de Rhodan.

Deighton coupa la sonde paramécanique, le visage blême. Après une courte hésitation, il dégaina son paralysateur, après quoi il demanda aux médecins de détacher le patient.

À peine libéré, ce dernier sauta d'un bond de sa couchette et mit en fuite les praticiens avec de grands moulinets des bras et une suite de gutturales irritées.

— Calme-toi, Lord Zi-Èvuss ! intima Galbraith Deighton d'une voix persuasive.

Le Néandertalien pivota sur lui-même et fixa l'émo-mécanicien. Il ne semblait pas bien comprendre ce qui venait de lui arriver. Il se passa plusieurs fois les mains sur les yeux.

— J'espère que tu te sens mieux, poursuivit Galbraith. À présent, nous allons laisser reposer tes souvenirs.

Le corps de Lord Zi-Èvuss se détendit quelque peu.

— Souvenirs… énonça-t-il lentement. Ah oui, maintenant, je sais de nouveau. Nous voulions… ma ma… ma mé…

Son regard quémandait l'aide de Deighton.

Maurice s'effraya : le sondage avait-il nui à sa raison ?

— Mémoire, souffla le maréchal.

— Oui ! se réjouit Zi-Èvuss. Nous voulions examiner ma mémoire.

Puis l'éclat dans ses yeux s'éteignit. Il regarda autour de lui et renifla bruyamment.

— Où est le khumare ? bredouilla-t-il.

Il ouvrit largement la bouche et grogna à l'adresse de Galbraith Deighton. Il trotta ensuite, apathique, vers la première rangée de sièges et s'y accroupit. Il ne montra aucune hostilité, ni aucun autre sentiment d'ailleurs, quand Deighton et un médecin le prirent chacun prudemment par un bras pour le faire sortir.

La discussion qui s'élevait se tut dès que le Stellarque traversa la salle.

Le visage de Perry Rhodan paraissait gris et tiré.

Depuis combien de temps, se demanda le colonel Maurice, *cet homme n'a-t-il pas dormi correctement* ?

Mais la voix de son chef résonnait de son énergie habituelle quand il dit :

— Il est encore trop tôt pour avancer une hypothèse ou une théorie, Messieurs. Il me paraît évident que dans des zones enfouies du subconscient de Zi-Èvuss, sont disponibles considérablement plus de renseignements que nous n'en avons obtenus à ce jour.

— Nous n'aurions pas dû interrompre si vite la procédure, Monsieur, objecta un jeune officier.

Rhodan fronça les sourcils.

— Devions-nous mettre en jeu la raison de Lord Zi-Èvuss ? Car il a bien une raison, même s'il est « *seulement* » un Néandertalien. Non, je n'autoriserai aucun autre interrogatoire.

Hubert Maurice leva la main. Perry l'invita à parler d'un signe de tête.

— Je suppose, expliqua le colonel, que Lord Zi-Èvuss détient la clef du secret de l'arme à retardement. Mais quelque chose semble provoquer chez lui un choc psychique chaque fois que les champs de nos sondes atteignent la couche correspondante de son subconscient.

Le regard de Rhodan s'égara un instant dans le vide, puis le Stellarque fixa le responsable de son commando de protection droit dans les yeux.

— Nous résoudrons cette énigme, Maurice. Et savez-vous pourquoi ? Parce que dans le cas contraire, vingt-cinq milliards d'humains partiront en fumée. Dans ce duel entre le passé et le présent, il ne peut y avoir qu'un vainqueur : l'Humanité !

DEUXIÈME PARTIE

LES EXPLORATEURS SOLAIRES

CHAPITRE PREMIER

— Il n'est ni animal ni *Homo sapiens*, et cependant il est humain. Peut-être pas tout à fait comme nous, mais pourtant, il ne se sent pas différent de nous.

Surpris, Perry Rhodan scruta le visage de Galbraith Deighton. Jamais encore il ne l'avait entendu parler de la sorte. Les pensées du Premier Émo-Mécanicien de l'Empire Solaire suivaient toujours un cours purement objectif et logique, et tel il pensait, tel il s'exprimait.

— Vous m'étonnez, maréchal, dit le Stellarque en écoutant le chuchotement télépathique de Whisper, qui s'était drapé comme une mince pèlerine autour de ses épaules. Depuis quand maniez-vous la langue des poètes ?

Deighton grimaça. Il leva les mains et les laissa retomber, en un geste insignifiant qui ne lui ressemblait pas.

— Peut-être ai-je été poète dans une vie antérieure, murmura-t-il mi par plaisanterie, mi-sérieux.

Sans transition, il redevint le spécialiste du renseignement, au discours clair et factuel. Il considéra Rhodan d'un regard dépassionné :

— Ce que je voulais dire, c'est que Lord Zi-Èvuss réclame que nous le soumettions à un nouveau sondage paramécanique. Comprenez-moi bien, Monsieur : il ne se porte pas volontaire, il l'exige, parce qu'il se sent humain et estime de son devoir d'aider l'Humanité s'il le peut.

— *Galbraith Deighton se trouve encore sous l'influence d'une explosion émotionnelle du Néandertalien !* souffla mentalement le symbiote de Khusal.

Ses impulsions atteignaient la conscience de son partenaire via son système nerveux central.

— *Comment un homme primitif peut-il submerger un esprit entièrement tourné vers l'intellect, à l'affectif et aux sentiments bridés par la raison ?* interrogea Perry.

— *Précisément parce qu'il* est *un homme primitif, un de ceux dont la composante humaine a déjà surpassé l'instinct rudimentaire* ! répliqua Whisper.

Geste inutile dans un entretien télépathique, Rhodan manifesta néanmoins son approbation d'un signe de tête.

Le mouvement n'échappa pas à Deighton, qui l'interpréta correctement et poursuivit avec un sourire :

— J'appuie la requête de Zi-Èvuss, Monsieur. Je peux le faire sans réticences : les derniers examens ont indiqué que son cerveau fonctionne de nouveau parfaitement.

Le Stellarque se remémora le précédent interrogatoire paramécanique pratiqué sur le préhominien. Ce dernier avait été très perturbé, probablement par le choc lié à la résurgence de ses souvenirs. Il avait montré une certaine agressivité, et souffert d'une défaillance temporaire de la mémoire et de difficultés de concentration. Cependant, l'obscure séquence de « flashs mentaux » qui avaient été suscités prouvait que le subconscient du Néandertalien recelait davantage d'informations que l'on n'en avait acquises à ce jour.

— Je suis sceptique, Deighton, répondit Rhodan au bout d'un moment. Ce serait certes un grand bénéfice pour l'Humanité si nous pouvions apprendre ce qui s'est passé sur Terre il y a deux cent mille ans. Je crains seulement que Lord Zi-Èvuss n'ait pas pu assimiler ce qu'il a vu alors. Soit ses perceptions ne le lui permettaient pas, soit elles ont été sciemment altérées.

— Peut-être y découvririons-nous certains points de repère, argumenta Galbraith Deighton. Dans une situation comme la nôtre, où toute l'humanité solaire est menacée par une arme à retardement laissée par ces visiteurs inconnus, nous devrions exploiter la moindre chance. (Il toussota.) En outre, je peux vous assurer que ce qui est arrivé la dernière fois ne se reproduira plus. Le professeur Stanley Bogner a raffiné le procédé : le conscient sera totalement déconnecté du subconscient, de sorte qu'en principe, aucune image mentale « réveillée » dans le second ne pourra parvenir au premier.

Rhodan haussa les sourcils.

— Voilà ce que vous auriez dû me dire pour commencer, maréchal ! Si Lord Zi-Èvuss ne court aucun risque, je n'ai pas de raison de m'y opposer. Quand l'expérience peut-elle avoir lieu ?

Galbraith Deighton jeta un coup d'œil sur son chronographe.

— Dans un quart d'heure, Monsieur. J'ai veillé à ce que tout soit mis en place. (De nouveau, il toussota légèrement.) Par ailleurs, Zi-Èvuss en personne attend dans l'antichambre…

— Pardon ?

Interloqué, Rhodan regarda son chef de la Défense. Puis il comprit et sourit.

— Vous avez voulu agir à coup sûr, n'est-ce pas ?

Au besoin, si je résistais à vos arguments, vous escomptiez que lui, il me convaincrait.

— On utilise les moyens du bord, Monsieur, rétorqua abruptement Deighton.

Il précéda le Stellarque. Quand ils entrèrent dans l'antichambre, Lord Zi-Èvuss souleva d'un fauteuil sa silhouette massive aux larges épaules, au thorax puissant, aux courtes jambes trapues et aux bras musclés.

Le Néandertalien ne portait qu'une légère combinaison micro-aérée, dans laquelle il n'avait pas l'air à l'aise. Il préférait aller nu, comme lui et son groupe le faisaient jadis. La nécessité de se couvrir, même un minimum, constituait son plus grand regret depuis qu'il avait été sorti de la stase énergétique. Dans ses appartements, il avait naturellement tout loisir d'adopter la tenue qui lui convenait – y compris aucune ; en dehors, il se ceignait habituellement la taille d'un pagne en cuir ou, en des occasions particulières comme aujourd'hui, il enfilait une combinaison. En sus, il avait pris l'initiative de chausser ses sandales, taillées sur mesure.

Lord Zi-Èvuss – ainsi avait-il été nommé d'après les premiers sons qu'il avait émis à l'issue de sa réanimation dans le complexe des Tonga – s'avança de sa démarche pesante vers le Stellarque. Son sourire exprimait une joie simple et franche : dès sa première rencontre avec lui, il avait éprouvé pour lui une vive sympathie. Perry sourit en retour et tendit la main droite au Néandertalien. Celui-ci la prit dans sa pogne velue et la serra délicatement, comme s'il saisissait un œuf. Cette prudence se justifiait réellement, car sa force aurait suffi à écraser les doigts de tout humain actuel.

— Je me réjouis te voir, Grantadministrateur !

Curieusement, c'étaient les mots les plus difficiles

qu'il apprenait le plus rapidement, comme s'il était déjà accoutumé depuis longtemps à l'usage de l'intergalacte.

— Moi aussi, je me réjouis, Lord Zi-Èvuss. Viens, allons dans mon bureau. Comment vas-tu ?

— Mal, répondit le colosse, maussade, et il commença involontairement à boiter. Les chaussures tourmentent mes pieds. Je ne comprends pas comment tu supportes tes tuyaux tordus.

— Il veut dire vos bottes, Monsieur, précisa Deighton avec une nuance d'amusement dans la voix.

Perry Rhodan hocha la tête. Les « innovations » linguistiques de Zi-Èvuss lui sonnaient désagréablement aux oreilles. À chaque occasion, il se demandait s'il était opportun d'intégrer cet homme « nature » dans le carcan d'une civilisation hyper-développée. Mais il n'y avait évidemment pas d'autre solution. On ne pouvait pas le parquer dans une réserve pour l'exhiber à la curiosité de gens assoiffés de sensations. Par conséquent, on devait l'adapter, du mieux possible.

Il indiqua des sièges à ses hôtes et fit servir des rafraîchissements par un robot qui faisait aussi office de sentinelle, tout en examinant attentivement le Néandertalien. Une fois encore, il se demanda à quoi auraient ressemblé les Hommes d'aujourd'hui s'ils avaient eu pour ancêtres directs les congénères de Zi-Èvuss. Car les deux espèces ne constituaient que des branches différentes d'un tronc commun, d'où étaient également issus les singes contemporains.

Il détourna son esprit de cette question oiseuse. Peut-être les descendants des Néandertaliens auraient-ils eux aussi trouvé tôt ou tard le chemin des étoiles. Mais ils avaient succombé alors que leurs cousins aux cerveaux mieux différenciés survivaient.

Une ombre voila les traits de Rhodan. Cette tragédie de l'aube de l'Humanité allait-elle se reproduire ? Les constructeurs de cette mystérieuse bombe à retardement étaient-ils de même des cousins aux cerveaux mieux différenciés ?

Il répondit par la négative à cette interrogation.

Des intelligences à la supériorité écrasante n'avaient pas besoin de détruire directement une espèce inférieure. Elles pouvaient se contenter de la laisser suivre son développement propre. C'était d'ailleurs ce qui s'était effectivement passé jadis, car ce n'étaient pas les hominiens modernes qui avaient exterminé les Néandertaliens, mais la loi inexorable de la sélection naturelle.

Ou bien les étrangers y ont-ils contribué ?

— *Ce ne fut peut-être pas nécessaire*, intervint Whisper. *Ils disposaient d'assez de connaissances pour déterminer, il y a deux cent mille ans déjà, que le développement des Néandertaliens les conduisait vers l'extinction.*

Rhodan émergea de ses pensées en entendant Lord Zi-Èvuss s'adresser à lui.

— Laissez-moi faire encore une tentative ! Zi-Èvuss aucune crainte, Zi-Èvuss un homme courageux comme le Grantadministrateur et le maréchal solaire Deighton.

Perry croisa le regard qu'il posait sur lui par-dessous ses arcades sourcilières proéminentes. On pouvait certes y déceler encore des traces d'animalité, mais il montrait déjà l'étincelle d'intelligence qui l'élevait loin au-dessus de la bête.

— Je sais que tu es courageux, Lord Zi-Èvuss. Bien, nous allons réessayer.

*
* *

Totalement coopérative, la conscience se laissa imprégner par les images que suscitait l'investigation paramécanique, puis guider vers ce champ nébuleux aux teintes paisibles où les rêves étaient si agréables…

Le subconscient, quant à lui, perçut que le plan superficiel de l'esprit exprimait le désir de s'enfoncer dans l'obscurité. Mais avant qu'il ait pu s'en effrayer et faire naître la panique, un tissu de pensées rassurantes l'envahit. Puis les influx de la sonde mentale s'insinuèrent en lui tout en délicatesse, tels des tentacules à la recherche des concepts mémoriels ciblés.

*
* *

L'herbe de la steppe ondulait au vent. Les nuages couraient dans le ciel bleu, cachaient puis dévoilaient tour à tour l'œil jaune de la déesse brûlante. L'air portait des odeurs mêlées de fumée, de végétation humide, de déjections animales – et l'odeur de la horde. Les deux chasseurs pressèrent le pas. Les dures plantes de leurs pieds tassaient un peu plus encore la terre du sentier. Le corps d'un tarpan se balançait à une perche entre leurs épaules. Des mouches aux reflets bleu-vert se promenaient sur sa fourrure et se rassemblaient sur le filet de sang qui coulait de la blessure. Enfin, la place libre et le grand arbre devant lequel brûlait le feu de la horde… Des grognements et des cris aigus saluèrent les deux chasseurs. Hommes, femmes et enfants vinrent les entourer, les serrer de si près qu'ils manquèrent de les renverser.

Les deux compagnons durent se frayer un chemin

en distribuant bourrades et coups accompagnés de braillements furieux, et déposèrent enfin leur fardeau. Puis Un-Œil arriva. Depuis qu'il ne pouvait plus participer à la chasse, il se rendait utile en accomplissant d'autres travaux. C'est pourquoi, jusqu'à présent, la horde ne l'avait pas rejeté comme les vieux et les malades incurables qui ne représentaient qu'une charge. Le borgne s'accroupit. Avec son couteau de pierre et ses longs ongles sales, il ôta la fourrure du tarpan. Si cela n'avait tenu qu'à lui, il aurait d'abord dépecé proprement l'animal mais la horde, qui mourait de faim depuis qu'elle avait été refoulée hors de son ancien territoire de chasse, l'aurait lapidé s'il avait tardé à distribuer le repas. Aussi commença-t-il tout de suite à découper le tarpan en morceaux. Naturellement, les deux chasseurs recevraient les plus grosses et les meilleures parts. Ensuite viendrait le tour des plus forts du groupe, car jamais Un-Œil n'aurait osé éveiller leur mauvaise humeur. Lui-même se servirait en dernier.

En fin d'après-midi, l'un des chasseurs émergea du sommeil. Il redressa le haut de son torse et huma l'air. À son côté, sa compagne remua. Elle se pressa contre lui, mais il la repoussa. Comme elle s'obstinait, il se retourna vers elle en découvrant les dents avec un grognement de colère, qui la mit en fuite.

Il prit de nouveau une profonde inspiration.

Mais le vent était tombé, et il ne perçut plus rien de précis. Secouant sa torpeur, il grimpa dans l'arbre. Il courait sans se tenir sur les branches horizontales, et se hissait aux niveaux supérieurs à la force du poignet. Il semblait gauche, maladroit : son espèce oubliait peu à peu l'art de se déplacer dans les cimes depuis qu'au fil des générations, elle s'était adaptée à la vie dans les plaines et les collines.

Le chasseur s'arrêta à mi-hauteur. Haletant, il s'adossa au tronc et fixa, paupières à demi closes, la direction d'où lui était venue l'odeur qui l'avait éveillé. Les poils de sa nuque se hérissèrent par réflexe et un grondement sourd monta de sa gorge lorsqu'il vit, à plusieurs jets de pierre, des silhouettes courbées dans l'herbe de la steppe.

Ceux-là n'étaient pas complètement couverts de fourrure. Chez certains, il distinguait nettement l'affreuse pâleur des parties nues du corps. Beaucoup d'entre eux les dissimulaient sous des peaux de bête. L'un des étrangers leva la tête et, de son arbre, l'observateur nota une mâchoire étroite, un nez court et un front bombé sous la pilosité crânienne lisse. En dessous de la bouche trop petite – selon ses canons –, une excroissance osseuse ajoutait encore à la laideur de l'autre.

Le chasseur grogna avec dédain.

Faible !

Telle fut sa première pensée. Ensuite, il se souvint de la dernière confrontation avec les Longs Crânes. Sa horde avait dû céder devant eux car, avec leurs armes, ils pouvaient tuer à une plus grande distance.

Mais cette fois, il les avait découverts avant qu'eux-mêmes ne le remarquent.

En hâte, le chasseur descendit de l'arbre, alla s'armer d'une massue, puis parcourut le campement en poussant des cris gutturaux pour attirer l'attention de ses compagnons sur le danger. Il voulait les convaincre d'adopter une nouvelle tactique. On pouvait attirer les étrangers dans un piège, se dissimuler et les attaquer à l'improviste. Mais personne ne montra la moindre compréhension pour ce plan. La zone du cerveau où se déroulaient les processus relevant de l'abstraction n'était pas assez développée chez eux. La majeure partie de la boîte crânienne, sous le front bas et fuyant, était occupée par les puissants centres olfactifs.

Les hommes s'armèrent, dans un grand tumulte. Avec force gesticulations, ils hurlaient pour se donner mutuellement du courage. Ils accroissaient jusqu'à une intensité quasi extatique leur volonté, leur envie de combat, dont le trop-plein finit par réclamer un exutoire immédiat.

La horde se précipita avec vacarme à travers les hautes herbes, sur l'endroit que le chasseur leur avait indiqué. Celui-ci, catastrophé, courait à côté d'eux, essayant de les arrêter en faisant de grands signes de ses longs bras velus.

Trop tard.

Trois des guerriers chancelèrent soudain. Criant de douleur et de colère, ils tentèrent d'arracher de leur corps les flèches empennées de plumes qui les avaient frappés. Mais ils ne parvinrent qu'à en briser les hampes. L'un des hommes s'effondra sur place. Les autres reprirent leur charge alors qu'une deuxième volée de traits s'abattait, trouvant de nouvelles victimes.

Du coin de l'œil, le chasseur vit une lance voler vers lui. Il l'esquiva d'un bond et la saisit au passage. Avant que son agresseur n'ait le temps d'encocher une flèche, il lui retourna le projectile. La pointe de pierre taillée en coin se ficha dans le cou de l'adversaire. Partout alentour, la lutte se faisait maintenant au corps à corps. Mais les autres avaient l'avantage du nombre, de meilleures armes et une position plus favorable. Quant à la horde, elle avait été décimée avant même que ne débute l'affrontement proprement dit.

À nouveau, le grand chasseur démontra une qualité de pensée supérieure à celle de ses compagnons. À la différence de ces derniers, il était capable de se représenter des événements qui ne se produiraient que dans beaucoup de jours et de nuits.

Par quelques aboiements rauques, il rappela les plus forts du groupe. Cette fois, il réussit à les arracher au combat car ils avaient déjà assouvi leur ivresse de sang. Ils l'entendirent et le suivirent. Les plus faibles comprirent trop tard : ils ne pouvaient plus s'enfuir. Mais ils livrèrent une résistance désespérée, et offrirent involontairement à leurs congénères un répit qui leur permit d'échapper aux Longs Crânes.

De retour au camp, les hommes se jetèrent sur le foyer. Ils lancèrent au petit bonheur branches enflammées et tisons ardents dans la steppe, où l'herbe desséchée prit feu. Des volutes de fumée blanche puis de longues flammes vacillantes s'élevèrent. Quand les incendies se rejoignirent en un unique front continu, les survivants de la horde avaient depuis longtemps vidé les lieux.

*
* *

Le chasseur avait mené les fuyards, hommes, femmes et enfants, jusqu'à une vallée semi-circulaire couverte d'arbustes. Ceux qui, fatigués ou blessés, n'avaient pu suivre la cadence s'étaient arrêtés : ils rattraperaient les autres plus tard. Ou seraient victimes des prédateurs et des charognards.

Au milieu de la vallée scintillait, tel un joyau, un petit lac. Les survivants s'approchèrent de la rive d'un pas chancelant, s'y agenouillèrent et s'inclinèrent sur le précieux liquide, comme pour l'adorer. Après avoir étanché son immense soif, le chasseur se redressa et scruta l'autre côté de l'eau. Là-bas s'ouvraient, dans un abrupt pan de rochers, les grottes qui abritaient la tribu voisine. Le chasseur avait d'instinct cherché refuge en ces lieux, bien que normalement, aucun groupe ne tolérât des membres d'un autre sur son territoire. Mais sa horde n'en était plus une… Il espérait convaincre ses congénères d'accueillir ce qu'il en restait. Ensemble, peut-être pourraient-ils assurer une meilleure défense contre l'avancée des Longs Crânes.

Contrairement à ce qu'il attendait, rien ne bougea. Aucun cri ne s'éleva pour protester contre leur intrusion. Aucune pierre ne vint frapper la surface du lac.

Le chasseur comprit que quelque chose n'allait pas. Il inspira profondément, mais il n'était pas au vent et ne flaira aucune odeur en provenance du campement.

Il lui fallut un certain temps avant de surmonter ses hésitations. Il finit par trotter le long de la berge, la massue serrée dans la main droite, vers la zone d'habitat.

Soudain, il se figea de surprise.

Un bras velu émergeait des buissons denses. Les doigts étaient crispés comme des serres de rapace, et ne remuaient pas. Le chasseur vint plus près, à pas prudents : son instinct infaillible lui soufflait que dans cette vallée, le danger menaçait. D'autre part, il voulait savoir ce qui s'y passait.

Il frappa le membre de son bâton et fit immédiatement un bond en arrière. Mais le bras resta raide et immobile. Son odorat en éveil, le chasseur curieux écarta les branches.

Il hoqueta en voyant le grand homme avec la tête affreusement brûlée et un moignon noirâtre à la place de l'autre bras.

Il revint aussitôt de sa surprise, tourna les talons et partit à la course. Poussant des hurlements perçants, il alerta ses compagnons pour les rassembler derrière lui et quitter le terrain.

Ils n'allèrent pas loin.

Des cavernes où vivait autrefois la horde voisine crépitèrent les éclairs mortels des dieux du ciel, qui les abattirent l'un après autre. Sans pitié, les femmes et les enfants furent déchiquetés, calcinés. Les cris se turent très vite.

Seuls le chasseur et le Deuxième Plus Fort n'avaient pas trouvé la mort. Les forces invisibles des sorciers s'emparèrent d'eux. Roulant des yeux, impuissants, ils virent les dieux – ou leurs serviteurs – sortir des grottes et planer en tournoyant autour d'eux. Un oiseau-tonnerre tomba du ciel, étira ses pattes étrangement brillantes jusqu'au sol. Un trou apparut dans son corps. Le chasseur et son compagnon éprouvèrent un poids sur les épaules. Des liens solides se refermèrent sur leurs poignets et leurs chevilles. Emplis de terreurs, les deux prisonniers entendirent le terrible rugissement de l'oiseau-tonnerre. Un coup les frappa, leurs jambes se dérobèrent sous eux. Ils tombèrent et se sentirent aplatis au sol par une force invisible…

*
* *

Concentrés, Perry Rhodan, Galbraith Deighton et le professeur Stanley Bogner suivaient les scènes sur le projecteur de pensées. Pour l'instant, contrairement aux séances précédentes, il ne montrait pas de flashs mentaux issus du subconscient de Lord Zi-Èvuss, mais ce qu'y injectait le stimulateur paramécanique.

— Êtes-vous sûr, Professeur, que vous réussirez

avec cette technique ? demanda Rhodan au psychostructurologue.

Ce dernier ne ressemblait pas à l'idée que le citoyen moyen se fait d'une sommité scientifique. Il était solidement bâti, bronzé, avec de grandes mains nerveuses, un visage plein, un large front et des cheveux châtains séparés par une raie et argentés sur les tempes. Il tira quelques bouffées de sa pipe, puis répondit au Stellarque en souriant avec une assurance paisible :

— Oui, Monsieur. Le résultat dépendra néanmoins de la différenciation des souvenirs et de leur intensité d'engrammation. Ce qui n'est pas disponible, nous ne pouvons pas le faire remonter, même avec une méthode parfaite. Mais j'ai soigneusement préparé les stimulations et je vous garantis que son subconscient y réagira.

— Attention ! chuchota le maréchal Deighton en désignant l'écran.

Perry Rhodan étrécit les paupières en devinant, parmi les brumes tourbillonnantes des souvenirs bruts, le champignon d'une explosion nucléaire. L'image restait floue : on aurait pu y voir un cumulo-nimbus, un nuage d'orage en plein développement.

Du ciel descendit soudain un objet volant à l'éclat métallique, mi-radeau, mi-oiseau aux ailes rigides. Les enceintes holophoniques restituaient pour les spectateurs les réminiscences du tonnerre qui accompagnait l'apparition.

— Superposition imaginale typique d'un primitif, commenta le neurologue. Cela pourrait figurer une chaloupe.

— Est-ce elle qui a largué la bombe atomique ? murmura pensivement Deighton. Qui diable ces étrangers combattaient-ils ?

— Ils n'avaient sûrement pas besoin de l'arme nucléaire contre les Néandertaliens, ni même contre les hommes plus évolués, dit Rhodan. Probablement s'agissait-il d'une démonstration de force.

Le film mental passa de nouveau à une autre séquence. Dans le champ vidéo s'agitaient d'immenses et effrayantes silhouettes pourvues d'une multitude de bras. Leurs contours restaient mouvants et indistincts. Les spectateurs crurent apercevoir un instant une tête anguleuse avec un unique œil rouge de cyclope. Ici aussi, l'imagination de Lord Zi-Èvuss semblait avoir fixé les scènes réelles en les dénaturant sous la forme de dieux et de démons.

Avant que les trois hommes ne s'accordent sur leur vraie signification, le cadre changea une nouvelle fois.

La salle baignait dans une vive clarté. Sur une large table à l'avant-plan gisait une Néandertalienne, manifestement une toute jeune femme. Des scalpels-laser incisaient et découpaient son corps. Des pinces mobiles prélevèrent le foie et le tranchèrent en minces lamelles qui furent soigneusement déposées dans des flacons. Le film mental s'attarda un moment sur le visage de la malheureuse. Les trois spectateurs respirèrent de soulagement en croisant son regard fixe, sans éclat. Pendant de longues secondes, ils avaient craint d'assister à une cruelle vivisection. Les instruments reprirent leur office, ouvrant la partie supérieure de la boîte crânienne, et les bras manipulateurs en retirèrent le cerveau. Ce qu'il en advint n'apparut pas. Probablement fut-il soumis à des examens. Les images s'estompèrent encore, puis le psycho-visualisateur redevint noir.

Le professeur Bogner se leva vivement et coupa l'unité d'investigation paramécanique.

— Terminé ! Le subconscient a disjoncté. Le dernier souvenir semble l'avoir trop effrayé. Ce sera tout pour aujourd'hui.

Il fit sortir de l'appareil le chariot antigrav sur lequel reposait Lord Zi-Èvuss, qui semblait dormir paisiblement. Bogner contrôla les indications des bio-moniteurs, puis se retourna vers Rhodan et Deighton.

— Parfait. La conscience de notre patient se détache graduellement du transfert mémoriel. Dans dix minutes tout au plus, il se réveillera.

Ils allèrent se chercher du café au distributeur et patientèrent en silence. Les dix minutes n'étaient pas encore écoulées quand le Néandertalien commença à remuer. Ses paupières battirent plusieurs fois, puis il ouvrit les yeux. Il tourna la tête et regarda les trois hommes. Son regard se perdait encore à demi au pays des rêves artificiels. Mais bien vite, il recouvra toute sa clarté. Zi-Èvuss se redressa.

— C'est déjà déminé ? demanda-t-il avec hésitation.

— Ter-miné, corrigea doucement Deighton. Oui, tout va bien, Lord Zi-Èvuss.

Le préhominien poussa un soupir de soulagement. Perry Rhodan lui apporta un café avec beaucoup de sucre et de crème, sa boisson préférée. Le primitif l'accepta avec reconnaissance et, de ses lèvres tendues, aspira bruyamment le breuvage. Puis il alla ranger la tasse vide dans le lave-vaisselle.

Stanley Bogner le conduisit à un fauteuil face à ceux des trois hommes. Zi-Èvuss posa sur le savant un regard interrogatif.

— As-tu trouvé ici… (De son poing fermé, il se tapota le crâne.) … quoi tu cherchais ?

Le médecin hocha affirmativement la tête, un geste

dont le Néandertalien connaissait maintenant la signification.

— Tu as libéré plusieurs souvenirs inédits. Mais nous n'avons pas tout compris. (Il s'adressa au Stellarque.) Monsieur, nous devrions lui montrer certaines scènes du film. Peut-être comblerons-nous les lacunes par la discussion.

Rhodan était sceptique :

— Ne risquons-nous pas ainsi de provoquer exactement ce que nous voulions éviter en appliquant la nouvelle méthode, Professeur ?

— Non, pas si nous laissons de côté les passages susceptibles de l'effrayer. (Il revint au Néandertalien.) Es-tu d'accord, Lord Zi-Èvuss ?

Celui-ci approuva vigoureusement du chef.

— D'accord. Zi-Èvuss pas peur.

— Bien, céda Perry. Mais vous allez choisir soigneusement les images avant de les projeter.

Le contrôle holovidéo ne constituait qu'une petite partie de l'appareil, mais l'on pouvait y revoir les enregistrements, et aussi les couper et les monter.

Bogner alla s'asseoir à la console et coiffa le casque audiovisuel. Il parcourut le film, marquant les séquences à extraire, revenant plusieurs fois en arrière. Enfin, il valida et enregistra sa sélection, reposa le casque et se leva, la télécommande à la main.

— S'il te plaît, Lord Zi-Èvuss, observe attentivement, l'enjoignit-il. Essaie de te rappeler !

— O.K., Doc ! lâcha négligemment le préhominien.

Perry Rhodan et Galbraith Deighton ne purent retenir un sourire. Il devait tenir l'expression de L'Émir…

Stanley Bogner pressa une touche du boîtier de contrôle. Sur l'écran scintillèrent soudain les contours mouvants du champignon atomique. Aussitôt, Zi-Èvuss se jeta par terre, le visage enfoui entre les bras en un geste protecteur.

Bogner arrêta la projection.

— Ce n'est pas la réalité, expliqua-il d'une voix rassurante. Mais ta réaction me prouve que tu te souviens effectivement de bien plus de choses que les examens ne l'indiquent.

Le Néandertalien bougea prudemment la tête. Il regarda d'abord entre ses doigts écartés, avant de se redresser et de considérer l'image.

— D'abord l'éclair. Il venait du ciel et aveuglait les yeux. Après, le tonnerre et l'haleine de feu des mauvais dieux. Vent cassait les arbres. Zi-Èvuss et les autres cacher le village… non… (Il mit sa large main devant sa figure.) … le visage dans la terre, trembler à cause colère des dieux. Après, c'est calme. Nous nous levons et nous voyons nid de l'oiseau-tonnerre, nid dans les nuages…

Il plissa son front poilu.

Le professeur Bogner actionna le pointeur laser. Une flèche clignotante désignait le sommet en expansion du champignon.

— C'est là, le nid de l'oiseau-tonnerre ?

— Le nuage avec le nid. Je ferme les yeux, je vois l'oiseau-tonnerre voler hors du nid.

Stanley Bogner laissa se dérouler le film. L'objet aux reflets métalliques, croisement des souvenirs et de l'imagination de Zi-Èvuss, jaillit dans le ciel.

— C'est oiseau-tonnerre ! s'écria le Néandertalien.

Tendu, il écoutait le bruit assourdissant de l'engin volant.

— Ce n'est pas du tout un oiseau-tonnerre, objecta le professeur d'une voix où perçait une légère impatience. Cette forme est seulement sortie de ton imagination.

Le préhominien laissa échapper un grognement menaçant.

— Pas magination ! répliqua-t-il impulsivement. Lord Zi-Èvuss bons yeux, Professeur ! Ils voient l'oiseau-tonnerre, alors tu ne dis pas que ce n'est pas l'oiseau-tonnerre !

Par sa remarque, le savant avait heurté la fierté du Néandertalien, et réduit à néant son crédit auprès de lui.

Perry Rhodan se leva.

— Viens près de moi, Lord Zi-Èvuss ! ordonna-t-il en essayant de mettre dans sa voix autant de persuasion que de bienveillance.

Aussitôt, l'agressivité du préhominien diminua. Il se dirigea vers Rhodan, de sa démarche chaloupée.

— Le professeur dit vrai, Zi-Èvuss. Il ne te veut pas de mal, il est ton ami. Entre amis, on ne se fâche pas à cause d'une critique. N'est-ce pas ?

— Cri-tic... ? répéta le Néandertalien, perplexe.

— C'est quand on dit à une autre personne qu'elle a commis une erreur.

— Lord Zi-Èvuss comprend la définition, répondit-il, gravement et avec une prononciation correcte, puis il poursuivit : mais comprend pas quoi fait comme erreur.

— Laisse le professeur Bogner te l'expliquer, déclara Perry, rendant ainsi habilement la main au savant.

Le préhominien se tourna vers Stanley Bogner. Celui-ci précisa ce qu'il avait voulu dire, et conclut :

— Je vais te montrer différentes formes de l'oiseau-tonnerre, Lord Zi-Èvuss. Tu me raconteras ce qui ne va pas.

Il brancha la commande vocale du dispositif holovidéo et indiqua au secteur mémoriel quelles images il devait substituer à celle de « l'oiseau-tonnerre ».

Ensuite, le film reprit depuis le début, avec le nuage de l'explosion et l'arrivée de l'engin volant, qui avait cette fois la silhouette d'une *Gazelle*.

Le professeur Bogner scrutait le visage de l'homme primitif. Zi-Èvuss regarda l'aviso, et secoua la tête avec une grande conviction.

— Non. Lord Zi-Èvuss connaître *Gazelle* terranienne. Tu fais une blague, Prof ? gloussa-t-il.

Stanley Bogner lui retourna un sourire amical.

— J'essaie seulement toutes les possibilités. Attention, on continue !

Cette fois, l'oiseau-tonnerre avait l'allure d'une chaloupe au dessin typique des navires commerciaux. Mais le Néandertalien rejeta aussi cette image.

Après une bonne douzaine d'essais, le professeur dut abandonner. Une tentative d'interprétation du géant à l'œil rouge n'eut guère plus de succès. Il devenait de plus en plus évident que l'intellect du sujet n'avait pas assimilé la plupart des éléments liés à la technologie des étrangers, et qu'aucune correction ultérieure ne serait possible.

Lord Zi-Èvuss, abattu, déplorait de ne pouvoir aider ses amis. Mais le maréchal Deighton le consola.

— Tu nous as aidés plus que tu ne le crois. Sans toi, nous ne saurions pas que la Terre a reçu des visiteurs de l'espace il y a deux cent mille ans. Ni qu'ils ont jugé nécessaire de démontrer leur pouvoir, ni qu'ils collaboraient partiellement avec les hommes les plus évolués…

Il faillit ajouter « ni qu'ils vous tenaient, toi et tes congénères, pour des singes à peine intelligents » ; cependant, il réalisa à temps que cette remarque pouvait déprimer davantage encore le Néandertalien.

Ainsi mis en valeur, Zi-Èvuss rayonnait de joie. Il

insista pour répéter l'examen, mais le professeur Bogner s'y opposa.

— Nous le referons certainement plusieurs fois ; pas aujourd'hui, car ce serait une trop grande tension pour toi, Lord Zi-Èvuss. Crois-moi, je connais les processus qui se déroulent dans le cerveau de tous les êtres pensants, ou presque.

Le préhominien s'en contenta. Il se laissa de bon gré accompagner par un robot à la cantine, où il se délecta d'un gigot bien rôti.

Les trois hommes, quant à eux, revinrent dans le bureau de Rhodan. Ils avaient perdu conscience de l'écoulement du temps : la nuit était tombée sur Terrania. Au-dessus de la métropole illuminée montait le croissant argenté de la Lune. Elle semblait étrangement seule dans le firmament désormais sans étoiles.

— Qu'allez-vous faire, Monsieur ? demanda Galbraith Deighton.

Par la baie vitrée, Perry Rhodan regardait la Lune et, au-delà, le rougeoiement sombre de la zone labile. Là derrière, les champs de probabilité existentielle luttaient encore pour la stabilisation matérielle. À plusieurs reprises, il s'était demandé quel modèle de structure dominerait, et chaque fois, il avait conclu qu'il ne pourrait jamais le savoir depuis l'intérieur du Système Fantôme. Il aurait, pour cela, dû franchir le chronosas et retourner dans le présent.

Mais la mort à retardement, cachée dans le Soleil et translatée avec lui dans le futur relatif, ne se laisserait ni dérouter ni désarmer par une annulation du déphasage temporel.

— Ce que je vais faire ? Chercher ce satellite tueur et si possible, le détruire…

CHAPITRE II

La nuit régnait sur Trade-City.

La nuit, mais pas l'obscurité, ni la tranquillité…

L'empereur Anson Argyris se trouvait seul sur la terrasse ouest de son palais. Il avait éteint l'éclairage, débranché l'écran d'énergie, et il respirait l'air frais à pleins poumons. Des astroports, la rumeur des vaisseaux au décollage ou à l'atterrissage montait puis décroissait régulièrement. Le transmetteur de conteneurs s'illuminait par moments tel un soleil rouge, envoyant son flux de marchandises vers le récepteur du Système Fantôme ou rematérialisant les immenses parallélépipèdes expédiés sur Olympe. De là, les royaumes stellaires comme les planètes indépendantes étaient approvisionnés en produits terraniens de qualité.

Dans la ville de Trade-City, encore en expansion, les grandes banques, les sociétés financières et les bureaux commerciaux travaillaient sans interruption, les équipes de nuit succédant à celles de jour. Que ce soit dans des locaux austères, dans des salles d'apparat ou des bars luxueux, des bénéfices s'estimaient, des affaires se concluaient qui se chiffraient en milliards de solars, et les partenaires célébraient les tractations particulièrement avantageuses.

Mais tout ne se déroulait pas aussi paisiblement.

Dans des pièces spéciales à l'abri des écoutes, des rapports étaient analysés, de nouveaux ordres émis pour des opérations d'espionnage ou de sabotage. De temps à autre, des agents coupables d'une erreur la payaient de leur vie. C'était le revers de la médaille : Trade-City était également devenue le terrain d'action de la plupart des services secrets galactiques.

La raison en résidait dans le mystère qui entourait l'origine des marchandises terraniennes. Personne ne savait où se trouvaient les mondes industriels qui les produisaient. Aucun de ceux qui se posaient la question ne se doutait qu'il n'y avait *pas* de centres secrets, mais que cette manne arrivait en droite ligne du Système Solaire, que les initiés désignaient sous le nom de « Système Fantôme ».

C'est ainsi que toutes les puissances stellaires fondées par des émigrés d'origine terranienne – l'Impérium du dictateur Dabrifa, la Coalition de Carsual et l'Union Central-Galactique en tête – s'efforçaient de découvrir la position des prétendues planètes industrielles. On ne se résignait pas à ce que l'« héritage » de l'Humanité repose entre les seules mains du patriarche des Libres Marchands, l'empereur Anson Argyris. Des armées d'experts juridiques étaient mobilisées afin de démontrer la non-validité de cet héritage. Les descendants des humains s'estimaient lésés. Avant tout cependant, ils enviaient au souverain d'Olympe les plantureux bénéfices qu'il engrangeait.

Anson Argyris lâcha un rire discret en évoquant cette image.

Derrière lui, il perçut, à peine audibles, des bruits furtifs. Il ne se retourna pas : il avait identifié l'intrus à son pas et au son de sa respiration. La tête d'un robot de type Vario-500 contenait des détecteurs et des unités d'exploitation performantes, qui surpassaient l'instinct primitif disparu chez les Hommes au cours des millénaires.

Le *maorghy*, un grand félursidé tacheté de jaune et de vert que l'on appelait communément « ours-chat », vint frotter son dos contre la hanche droite d'Argyris. Ce faisant, il émettait un ronronnement aussi sonore que le roulement d'une centaine de tambours. L'empereur le gratta distraitement derrière ses oreilles pointues et mobiles. Il dut augmenter la pression dans la partie gauche de son système hydraulique auxiliaire, car l'animal câlin pesait contre lui de tout le poids de ses neuf quintaux.

Soudain, Anson se figea : il recevait une communication. À l'aide de champs-guides, il écarta le *maorghy* d'une main en lui tapotant le flanc. L'ours-chat comprit que son maître n'avait plus de temps à lui consacrer. Déçu, il se retira en grondant dans son antre artificiel.

L'empereur s'entretint avec son correspondant par hypercom, sans recourir à ses dispositifs de phonation. Les impulsions mentales formulées à l'intersection de son secteur positronique et de sa composante protoplasmique étaient directement converties en ondes supraluminiques. Au terme de la conversation, il réactiva la cloche d'énergie sur la plate-forme. Aussitôt, le tonnerre des propulseurs des vaisseaux ne fut plus qu'une rumeur étouffée. Argyris se dirigea vers un bâtiment à l'allure d'un ancien temple terrien et s'engagea dans le flux descendant du puits antigrav à double sens. À la sortie, les gardes saluèrent ; il n'y prêta aucune attention.

Après un court trajet sur une bande transporteuse, il atteignit l'une des centrales les mieux isolées de son palais. À son entrée, un homme se leva. De taille moyenne, les cheveux blonds, courts et ondulés, il portait une combinaison noire, une cape couleur rubis et des bottes rouges.

Il s'inclina en souriant.

— Mon Empereur… !

Argyris regarda son secrétaire et chef des services secrets en fronçant les sourcils.

— Que signifie ce ton formel, Phyl Amant ? Pourquoi ne dites-vous pas « Argyris », comme d'habitude ?

Amant souriait encore, mais c'était un sourire sans joie, dominé par la mélancolie.

— Parce que je ne suis plus digne de cette faveur. Je n'ai pas réussi à assurer la sécurité du professeur Floyd Yussov. Il a disparu pendant une visite des halles d'exposition malgré la présence de neuf de nos meilleurs agents.

Anson s'effraya. Son biomasque pseudo-variable n'en refléta rien, bien qu'il puisse exprimer toute la gamme des sentiments. Sa double conscience se concentrait sur les implications de la disparition du savant. Elle était bien sûr imputable à l'un des services d'espionnage en opération sur Olympe, mais ce n'était pas là l'essentiel. Yussov ne détenait aucun renseignement utile. Il devait recevoir les informations nécessaires de l'empereur Argyris en personne et ce, juste avant son départ : à savoir, que Perry Rhodan l'avait demandé pour une mission scientifique. Pour l'heure, Yussov ignorait que le Stellarque était toujours vivant et que le Système Solaire n'avait pas été détruit deux ans plus tôt.

Et pourtant, il était attendu là-bas d'urgence : on y avait besoin de ses connaissances et de ses aptitudes. Il représentait une pièce majeure dans la réunion des plus grands cerveaux que comptait l'Humanité, ceux qui devaient éviter que vingt-cinq milliards d'êtres humains ne périssent dans l'explosion de leur Soleil.

— Phyl Amant, déclara sévèrement le patriarche, vous me décevez. Non parce que vous n'avez pas empêché l'enlèvement du professeur Yussov, mais parce que vous vous êtes manifestement cru infaillible.

— Certainement pas ! protesta l'incriminé.

Argyris ricana.

— Allons donc ! Vous supposiez que j'attendais de vous un travail sans faille ! Oui ou non ?

— Oui, reconnut Phyl Amant, penaud.

L'empereur posa la main sur l'épaule de son secrétaire. Amant sentit ses jambes fléchir sous la poigne du robot et il se retrouva à genoux. Anson le remit sur ses pieds, et redressa son menton de sorte qu'il puisse le regarder les yeux dans les yeux.

— Honte à vous, mon secrétaire, fit-il d'une voix chargée de reproches. Qui serais-je pour attendre l'infaillibilité de la part d'un humain ? Tant que nous vivons, nous ne cessons d'apprendre. Et souvent, ce sont nos propres erreurs qui nous enseignent le plus de choses.

Il donna l'impression de réfléchir un moment, bien que ses secteurs positronique et protoplasmique connectés en une unité fonctionnelle par un bloc biopon eussent déjà arrêté toutes les mesures nécessaires.

— Oui, ça devrait aller, décida-t-il en se caressant la barbe d'un air satisfait. Vous allez lancer immédiatement des recherches à grande échelle. Faites bloquer tous les astroports ainsi que tous les transmetteurs ayant une portée extraplanétaire. Je vous délivrerai toutes les habilitations requises.

— Bloquer les astroports ? Mais ça va paralyser le

commerce galactique ! Vous savez qu'Olympe en assure trente pour cent…

— Bien sûr que je le sais, Amant, répondit Argyris avec à nouveau un léger reproche dans la voix. C'est précisément pour cette raison que j'ordonne ce blocage. Les gens qui ont enlevé le professeur Yussov vont sans nul doute avoir des ennuis quand non seulement ils devront admettre qu'il ne leur sert pas à grand-chose, mais qu'en sus leurs commanditaires vont perdre quelques milliards de solars par leur faute.

Phyl Amant retrouva son sourire habituel.

— Je comprends, Argyris. Il ne nous reste plus qu'à trouver quelle officine de services secrets étrangers va commencer à devenir nerveuse.

Anson congédia son secrétaire avec bienveillance, puis il hocha la tête en murmurant :

— Ce n'est pas toi qui le découvriras, car Pahul Jinza va te devancer…

*
* *

Le protoplasme et la positronique se coupèrent du bloc biopon. La partie mécanique du robot contrôlait seule l'ordinateur de la capsule de transport, alors que la substance cellulaire pensante d'origine bioposi se préoccupait de la menace que faisait peser sur le Système Solaire l'arme à retardement des anciens visiteurs inconnus.

Le protoplasme du Monde-aux-Cent-Soleils n'avait rien de commun avec les tissus neurocérébraux de l'*Homo sapiens*, mais il fonctionnait pourtant comme le cerveau d'un Homme. En ce sens, le Vario-500 était à moitié humain.

Et son inquiétude pour l'humanité solaire prenait

racine dans ce lien instinctif. Certes, il y avait des humains sur nombre de planètes en dehors du Système de Sol, mais seul ce dernier était le berceau de ce peuple. Quant à la Terre, elle représentait encore pour lui la source de puissance la plus importante, même si les habitants des mondes extrasolaires supposaient, à quelques exceptions près, que le système-mère avait été détruit deux ans auparavant.

La positronique et le protoplasme sortirent de leur isolement quand un signal annonça l'arrivée devant la station biologique. Le bloc biopon assura à nouveau l'intégration des deux composantes.

La capsule de transport s'ouvrit et Anson Argyris en descendit en souplesse. Avec ses bottes de cuir montantes et sa large ceinture fermée par une boucle de vingt centimètres, le patriarche des Libres-Marchands avait l'air d'un chef mercenaire du Moyen Âge terrien. Ses épaulettes rectangulaires et incurvées, aux reflets bleu-vert fluorescents, se composaient de pur howalgonium. D'une valeur inestimable, elles symbolisaient la souveraineté de l'empereur. D'un fourreau solidaire de la botte gauche, à hauteur de la cuisse, dépassait la poignée d'un couteau à lame vibrante ; à la ceinture pendait un étui avec un puissant double-feu.

Argyris s'avança d'un pas lourd vers le rideau d'énergie mortel qui barrait l'accès à la station et, s'arrêtant à quelques centimètres, il posa les mains sur les contacts positroniques des montants de la porte. L'ordinateur examina la conscience d'Anson Argyris via des canaux hyperénergétiques et compara le résultat au modèle enregistré dans sa mémoire.

L'écran défensif s'éteignit. La positronique d'Argyris ordonna au cerveau de la capsule d'attendre son retour dans le secteur de distribution delta. L'engin plana dans l'hyperchamp d'aiguillage verdâtre qui scintillait derrière lui, et sembla se dissoudre dans le néant. Personne sauf le Vario-500 ne pourrait le rappeler. Entre-temps, Anson Argyris glissait déjà sur un champ de force horizontal à travers une grande salle allongée, pendant que de nombreux faisceaux sondeurs le testaient en détail, jusqu'à sa composition moléculaire. Ce n'est pas sans raison que cet endroit était appelé « salle des ultimes examens ». Les savants et techniciens de la Défense Solaire avaient veillé à conférer au dernier secret une protection décuplée.

À l'extrémité de la halle s'ouvrit le sas de service. Argyris le franchit et pénétra dans la biostation.

Quarante-sept corps humanoïdes pendaient mollement, retenus aux épaules par des perches mobiles fixées sur un rail au plafond : les « masques-cocons pseudo-variables » de l'empereur Anson Argyris. Ils étaient entièrement habillés. Chacun représentait une personne différente. De fins tuyaux reliaient ces corps organiques et vivants à une centrale de biosurveillance et d'alimentation.

Le patriarche inspecta les rangées de ses « collègues » – lui-même était également une enveloppe biologique artificiellement maintenue en vie quand le Vario-500 ne l'éveillait pas à une existence indépendante en lui donnant conscience et intelligence. Il s'arrêta devant une silhouette trapue. Le masque avait les yeux ouverts, ce qui renforçait encore l'impression de se trouver face à un cadavre éventré pendu à un crochet de boucherie. Une personne qui serait entrée dans la station sans y être préparée – ce qui était naturellement impossible – aurait pu perdre la raison devant l'horreur du spectacle.

Argyris arbora un sourire ironique.

— Maintenant, vieille fripouille d'esclavagiste, nous allons te rendre une âme !

Sa positronique émit une impulsion. L'ordinateur de la centrale biologique, qui était en quelque sorte la conscience collective des masques-cocons en sommeil, répondit par une salutation.

— C'est précisément ce criminel de Pahul Jinza que tu veux incarner, Vario ? Espérons que tu ne seras pas capturé par la police planétaire ou les services secrets sous cette identité. Pourquoi ne révèles-tu pas au moins à ton secrétaire quel rôle sinistre tu joues à l'occasion ?

— Parce que, répondit l'interpellé avec indulgence, il tremblerait qu'il ne m'arrive quelque chose chaque fois que ses gens seraient après Jinza. Il ne faudrait pas longtemps pour qu'il mette dans la confidence un homme, puis un autre, et un jour, les services de nos adversaires apprendraient eux aussi qui est en réalité l'empereur Anson Argyris.

— Tu dois savoir de quoi tu parles, se résigna le cerveau.

Quelques secondes plus tard, un support vide descendit vers l'empereur. Les crochets terminés par des pinces vinrent enserrer ses épaules et, avec un claquement, son corps se fendit depuis le cou jusqu'au bas-ventre. Le robot dégagea sa tête, son unité centrale et ses quatre membres, puis se détacha des poumons et du cœur palpitants du bio-cocon Argyris. L'engin ovoïde, de cinquante centimètres de haut, plana sur son antigrav vers le masque de Jinza. Il s'inséra dans le thorax et l'abdomen creux, mit en place sa tête et connecta ses membres hydrauliques aux bras et aux jambes de l'enveloppe. La composante Vario-500 formait maintenant un ensemble fonctionnel parfait avec son nouveau corps.

Pahul Jinza cligna des yeux. Son visage barré de cicatrices prit une expression cynique. L'un après l'autre, les tuyaux d'alimentation se détachèrent ; les organes du masque-cocon commencèrent une vie propre, pour un temps indéterminé.

Le protoplasme espérait que ce ne serait pas trop long. Il ne se glissait pas volontiers dans la peau du trafiquant d'êtres humains, même s'il ne se livrait lui-même à aucun acte répréhensible. Trois ans et demi plus tôt, le vrai Pahul Jinza avait été soumis à un remodelage de la personnalité et menait depuis lors une vie paisible de navigant commercial dans la grande communauté des Libres-Marchands : la vocation avait survécu à sa « mort intellectuelle ». Les services secrets des grandes puissances extérieures à l'Empire Solaire avaient l'habitude de s'adresser à lui quand ils voulaient se débarrasser d'un prisonnier sans que l'on puisse remonter à eux. Ils vendaient alors l'individu en question, le plus souvent une personnalité connue qu'on ne pouvait pas liquider purement et simplement, à Pahul Jinza. Lequel, croyaient-ils, la revendait ailleurs, plus cher encore.

Pendant que le masque d'Argyris, accroché à son support, était connecté à l'installation biomédicale, l'élévateur automatique déposait sur une estrade le robot dans son nouveau déguisement. Pahul Jinza s'étira, croisa les bras sur sa poitrine et examina son apparence dans le champ réfléchissant. Il vit – ou plutôt le Vario-500 vit – un homme de haute taille, aux épaules larges, âgé d'environ quatre-vingt-dix ans, aux cheveux blancs, avec de larges favoris et des yeux couleur d'azur. Le grand nez crochu, avec deux cicatrices rouge violacé, donnait à son visage quelque chose d'effronté.

Jinza portait des pantalons bouffants bleu acier, des chaussures dorées à bout recourbé et, sous une cape moirée, une cuirasse dont les écailles luisaient du reflet verdâtre de l'howalgonium. À sa ceinture de cuir noir pendaient, dans leurs étuis, une arme de poing et un radiant à impulsion. Dans les poches intérieures de la pèlerine étaient dissimulés pas moins de huit couteaux de lancer à lame vibrante.

Personne n'aurait pu distinguer le masque-cocon du véritable Pahul Jinza tel qu'il se présentait trois ans et demi plus tôt.

Il hocha la tête d'un air satisfait, puis quitta la bio-centrale. Dehors, il rappela sa capsule de transport et se fit ramener à la surface de la planète.

*
* *

— Vous vous trouvez sur une propriété privée, la clinique de neurochirurgie du professeur Kudjali ! annonça une voix synthétique dans le télécom. Veuillez vous identifier !

Le glisseur de luxe du marchand planait, immobile, au-dessus d'une aile du bâtiment implanté dans un parc magnifique. Le domaine se situait à quelques kilomètres de Trade-City. L'annexe abritait réellement une clinique privée dirigée par le docteur Ahmed Kudjali. Elle avait été construite vingt et un ans plus tôt comme paravent à l'organisation de Pahul Jinza.

— Je suis le mécène, répondit celui-ci, et il ajouta un numéro de code.

— Identification ! bourdonna l'automate. Totale liberté d'action accordée.

Pahul Jinza eut un sourire indéfinissable. Il posa le glisseur devant la terrasse d'un somptueux bungalow aux lignes arrondies. Deux bouledogues couleur feuille morte jaillirent d'une entrée latérale et vinrent glapir à côté du véhicule.

Jinza mit pied à terre. L'aboiement des chiens se mua en joie euphorique. Ils sautaient et essayaient maintenant de lui lécher le visage. Le criminel dont il endossait l'identité avait été un grand ami des chiens, et ses deux dogues éprouvaient pour lui une réelle affection. Dans sa vie d'avant, Pahul Jinza n'avait pas eu d'autres amis.

Après ces salutations mouvementées, le Vario-500 pénétra dans le vestibule et se rendit à la bibliothèque. Il brancha un dispositif de contrôle et s'assura qu'aucun organisme intelligent ne se trouvait à l'intérieur, à part lui. Ensuite, il activa le visiophone, sans allumer la retransmission d'images.

— Ici l'ordi-secrétaire du professeur Kudjali, prononça une voix au timbre métallique. Vous désirez ?

— Le professeur a une visite, répondit Jinza. Demandez-lui de venir immédiatement à son bungalow.

— Cela ne m'est pas possible si je ne connais pas votre nom. En outre, pourquoi n'activez-vous pas votre ligne optique ?

— Je n'ai pas à le faire : je suis le mécène du professeur.

— C'est différent, Monsieur. Je transmets immédiatement votre requête. Souhaitez-vous attendre la réponse ?

— Non, c'est le professeur que j'attends !

— Certainement, Monsieur !

Pahul coupa le visiophone. Il patienta jusqu'à l'arrivée du neurochirurgien avec des sentiments partagés.

Ahmed Kudjali n'était pas un criminel. Au contraire, il détestait l'esclavage. Pourtant, il collaborait dans une certaine mesure avec Pahul Jinza. Ce dernier l'avait racheté autrefois à un réseau de trafic d'êtres humains et lui avait rendu la liberté. Il lui avait ensuite octroyé plusieurs millions de solars afin que le neurochirurgien pût installer sa clinique et aider d'innombrables personnes qui souffraient. Pourtant, cette seule générosité n'aurait pas suffi à garantir éternellement le silence d'Ahmed Kudjali. S'il mettait son établissement à la disposition de Jinza pour qu'il y traite ses « affaires », c'était en échange de la promesse solennelle que lui avait faite le trafiquant trois ans et demi plus tôt : il servirait désormais d'intermédiaire entre les ravisseurs et les familles, veillerait à ce que les victimes enlevées restent en vie et que leurs parents les récupèrent indemnes dès paiement de la rançon. Naturellement, ce n'était plus l'authentique Pahul Jinza qui avait conclu ce marché. En outre, le Vario-500, sous cette identité, ne s'occupait que des cas où il s'agissait de libérer des innocents des griffes impitoyables des divers services secrets de la Galaxie.

Quelques minutes après son entretien avec le robot secrétaire, le visiteur entendit un bruit de pas dans le vestibule, et la porte de la bibliothèque s'ouvrit sur un homme en blouse vert clair de médecin, trapu et corpulent, au nez crochu et aux sourcils broussailleux sous un crâne chauve.

— Monsieur Jinza ! exclama-t-il en haletant. Moi qui espérais que vous aviez abandonné votre funeste entreprise.

Pahul se leva en souriant et tendit la main au neurochirurgien. Mais Ahmed Kudjali ignora le geste. Son regard trahissait son dilemme, car Jinza l'avait arraché à un affreux destin, mais son aversion pour le marchand d'esclaves l'emporta.

— Bien, se résigna Pahul. Asseyons-nous donc.

— Je peux rester debout pour écouter ce que vous avez à me dire, Monsieur Jinza ! répondit Kudjali avec raideur.

— Ne soyez pas buté, mon ami.

— Je ne suis pas votre ami !

Jinza soupira.

— Comment vous voulez, Professeur. Malheureusement, je ne pourrai pas vous épargner ma présence quelques jours dans votre maison. J'attends l'offre d'une organisation afin de racheter une personne infortunée. Cela n'a rien d'immoral, n'est-ce pas ?

Ahmed Kudjali réfléchit un instant, puis répliqua avec un sourire ironique :

— Si ce ne l'est pas, pourquoi ne déclarez-vous pas votre activité, Monsieur Jinza ?

Pahul croisa les bras sur sa poitrine et lâcha avec un rire sec :

— Vous êtes un plaisantin, Professeur ! (Sans transition, il reprit son sérieux.) À la moindre tentative ouverte et publique, je serais arrêté à cause de mon passé. Et si, contre toute attente, cela devait bien se dérouler, la police ou les services secrets fondraient sur ma piste. Les kidnappeurs se sentiraient menacés à leur tour, et ils préféreraient tuer leurs victimes que de s'exposer au danger d'être capturés.

Le docteur Kudjali haussa les épaules.

— Dans ce cas… Considérez-vous, je vous prie, comme mon invité, Monsieur Jinza. Faites comme chez vous. Ma clinique m'attend.

Il quitta hâtivement la pièce. Pahul le regarda partir avec un sourire compréhensif. Ensuite, il descendit dans une cave secrète et prit quelques contacts visiophoniques. Quelques heures encore, et le bruit courrait dans la pègre de Trade-City que le trafiquant d'êtres humains était de retour en ville…

*
* *

Phyl Amant se trouvait à bord de son glisseur de service en chemin vers l'astroport quand il reçut l'appel de son adjoint. Il réagit immédiatement, annula son plan précédent et distribua de nouveaux ordres.

Pahul Jinza à Trade-City... !

Cela ne pouvait signifier qu'une chose : l'esclavagiste avait flairé une affaire. Les ravisseurs du professeur Yussov avaient peut-être déjà pris langue avec lui.

Amant eut un sourire froid.

Cette fois, il s'assurerait que non seulement le kidnappeur soit arrêté, mais Pahul Jinza également. Certes, il n'y avait sur Olympe pas davantage de violations de la loi que sur les autres mondes civilisés – la croissance extrêmement rapide de Trade-City et le commerce galactique n'avaient pas manqué d'attirer des éléments douteux – mais aucun Libre-Marchand ne se serait jamais compromis dans la traite des êtres humains. Seul ce Jinza avait de temps à autres osé exercer cette répugnante activité sur Olympe.

Phyl Amant revint à sa centrale de coordination, où il disposait de toutes les possibilités imaginables pour diriger correctement l'opération de grande envergure qui approchait. D'ici, il pourrait réorganiser les actions avec la promptitude requise. La positronique d'investigation collectionnait des milliers de faits, les analysait et fournissait des recommandations argumentées.

Amant y souscrivait le plus souvent, sans toutefois se soumettre à un rapport de dépendance vis-à-vis de la machine. Pour lui, le « Commissaire P », comme on appelait le cerveau, n'était qu'un collaborateur particulièrement habile.

Il respira quand on lui annonça un accroissement d'activité et une certaine agitation à l'ambassade dabrifane et à la délégation commerciale de l'Impérium. Il se trouvait hors des bâtiments à peu près deux fois plus de personnel que d'ordinaire. Manifestement, « on » essayait de masquer la bonne piste sous de nombreuses fausses. Phyl Amant fit en sorte que deux tiers des glisseurs empruntés par les gens de Dabrifa soient arrêtés par des contrôles routiers et d'identité, au cours desquels ils seraient discrètement auscultés par des microdétecteurs. Les véhicules restants feraient l'objet d'une surveillance renforcée.

Entre-temps, la positronique d'investigation avait examiné les rôles de l'astroport et marqué d'un petit cercle les vaisseaux suspects. Sous couvert de vérifications de sécurité, Amant les fit fouiller. Les policiers déguisés en techniciens mirent ainsi la main sur quatre-vingt kilos d'hyperamnésine forte de contrebande, sur divers hallucinogènes qui tombaient sous le coup des lois anti-drogue, et sur une cargaison de marchandises volées dans les dépôts de différentes sociétés commerciales.

Mais aucune trace directe de Pahul Jinza, bien que dans la pègre courût toujours la rumeur de sa présence en ville.

— N'y a-t-il donc aucune indication quant à l'origine de ce bruit ? demanda Amant à l'ordinateur. Il doit bien venir de quelque part !

— Les recherches se poursuivent, annonça la

machine. Pour l'heure, il semblerait qu'il y ait plusieurs sources, car il s'est répandu simultanément dans huit arrondissements de la cité.

— Et c'est seulement maintenant que j'en suis informé ! s'indigna le secrétaire de l'empereur. Cela prouve assez clairement que c'est Jinza lui-même qui l'a lancé pour faire savoir aux ravisseurs du professeur Yussov qu'il souhaitait entrer en contact.

— Je supposais que vous pourriez y penser vous aussi, se défendit le Commissaire P. Information : l'épave d'un glisseur a été découverte tout à l'heure. Attention, important : à bord se trouvaient les corps de quatre hommes de Dabrifa. Le véhicule a été abattu avec des radiants à impulsions. La concurrence se livre à la lutte armée.

Phyl Amant bondit et passa les mains dans les ondulations de ses cheveux blonds.

— La concurrence ! C'est absurde ! Il n'y a selon moi qu'une seule organisation qui s'intéresse au professeur. Ces gens de Dabrifa devaient avoir leurs propres motifs pour rendre visite au trafiquant.

— L'épave est à quatre cent dix kilomètres au nord-est de Trade-City, continua l'ordinateur. Selon mes calculs, l'endroit se situe entre la ville et le Marais de la Mort, dans cette vaste région humide où des archéologues ont découvert les ruines laissées par un peuple inconnu.

— Tu veux dire que Jinza s'est fixé dans le Marais de la Mort ?

— Non, mais il pourrait l'avoir choisi comme lieu de rendez-vous. Hormis quelques chercheurs, la zone est déserte.

« En ce qui concerne la concurrence que j'ai mentionnée, mes déductions probabilistes indiquent que ce ne sont pas les agents de Dabrifa qui ont enlevé le professeur, mais un autre groupe. Les Dabrifans ont probablement flairé la piste et ont essayé de s'approprier la victime afin de traiter eux-mêmes avec Jinza. Je recommande le bouclage et le ratissage du domaine marécageux.

Les yeux de Phyl Amant flamboyèrent.

— D'accord ! Et je mènerai les recherches sur place, en personne !

Il donna les ordres appropriés, puis descendit par le puits anti-g au garage souterrain de son grand quartier général. À son arrivée, son glisseur de combat se dirigea vers lui. Aux commandes était assis le sergent Rufus Steel, comme toujours dans ce genre de circonstances.

Amant sauta sur le siège du passager. Le glisseur s'engagea dans l'ascenseur destiné aux véhicules et le champ de force le fit monter en quelques secondes sur le toit de la centrale. Il décolla aussitôt avec une accélération maximale en direction du nord-est.

Au bout d'une demi-heure, il perdit de l'altitude pour atterrir à côté d'une tache noire, brûlée, au cœur de la savane septentrionale. Un capitaine de la police accourut et fit son rapport. Les spécialistes étaient en train d'examiner les débris. Quelques mètres plus loin, quatre conteneurs d'acier oblongs reposaient à même le sol : ils abritaient les dépouilles mortelles des agents de Dabrifa. Amant apprit de l'officier qu'un berger de la réserve naturelle avait observé et signalé la chute. Il n'avait rien vu d'un affrontement. Mais environ cinq minutes après l'accident, un lourd engin gris-vert à voilure delta avait survolé le point d'impact avant de mettre le cap au nord-est.

Le secrétaire impérial siffla entre ses dents. Il

croyait savoir à qui appartenait ce véhicule, probablement apte au vol spatial. Il remercia le capitaine et reprit son périple.

Vingt minutes plus tard, Rufus Steel rasait la cime des arbres et des fougères géantes du Marais de la Mort. Phyl Amant n'avait pris qu'un très bref contact avec le chef du groupe de recherches afin de s'identifier. Ensuite, il était parti dans une course solitaire. Le traqueur de son glisseur se distinguait des modèles habituels de la police en ce sens qu'il pouvait également localiser les ondes mentales qui ne figuraient pas dans les bases de données – un avantage important car la fréquence individuelle de Pahul Jinza était inconnue. Que le vrai Jinza fût depuis longtemps « guéri » et exerçât une paisible activité commerciale sous un autre nom et une nouvelle personnalité, Phyl Amant n'en savait rien : l'empereur avait lui aussi agi en solitaire, et tu son succès parce qu'il avait l'intention d'utiliser le physique de Jinza pour l'un de ses masques-cocon pseudo-variables.

Soudain, Amant sursauta. Sur l'écran du traqueur se dessinaient trois lignes ondulées, avec en incrustation les coordonnées du schéma mental repéré.

Sans attendre l'ordre de son supérieur, le sergent Steel vira sur l'aile et accéléra vers la position indiquée. Phyl Amant renonça à communiquer sa découverte au responsable des recherches. Le message risquait d'être intercepté par ceux qu'ils traquaient.

Ils volèrent quelques minutes en silence.

— Localisation inchangée, murmura Phyl, comme s'il craignait d'être entendu. Encore trois kilomètres et demi. Descendez, Rufus.

Le sergent obéit. Le ventre du glisseur frôlait de temps en temps les couronnes de feuilles de la forêt.

Steel évitait les plus hauts arbres avec une élégance inimitable. Amant trouvait pourtant son style de pilotage éprouvant pour les nerfs.

— Je recommande de débarquer au moins deux cents mètres avant l'objectif et de continuer à pied, Monsieur, déclara Rufus.

Le secrétaire impérial se tourna vers les fourrés et essaya de les percer du regard.

— À pied… ? répondit-il, dubitatif. Et si nous nous enlisons dans le marécage ?

Le sergent Steel sourit.

— Je passerai devant, Monsieur. Si moi, je ne m'enfonce pas, vous-même ne risquez rien.

Phyl Amant ricana.

— Non, c'est sûr…

Rufus Steel survola lentement le terrain avant de trouver une trouée relativement sèche où il se posa. Il se saisit du fusil à aiguilles et descendit du véhicule. Amant le suivit après un dernier coup d'œil au traqueur individuel. La position de leurs proies n'avait varié que de quelques mètres.

Le secrétaire d'Anson Argyris grimaça lorsque les émanations tièdes, à l'odeur de moisi, l'entourèrent. Il rejoignit sans tarder son compagnon. Une fois quittée la clairière, une étrange pénombre régnait sous les frondaisons. Des fougères géantes et des plantes carnivores empestant la chair en décomposition barraient le chemin, mais le sergent Steel traversait presque sans difficulté ce mur végétal. Les profondes empreintes qu'il laissait dans le sol spongieux se remplissaient rapidement d'un jus noirâtre. Les alentours bruissaient sourdement des pas ou du vol d'animaux inconnus. Amant réprima un juron quand des insectes semblables à des tiques dégringolèrent sur son visage et ses mains sans protection. Il les balaya, mais les têtes restèrent fichées dans sa peau. Il devrait patienter pour les extraire.

Soudain, Rufus s'arrêta en levant le bras. Devant eux résonnait le sifflement d'un champ sustentateur antigrav.

Les aurions-nous manqués de peu ?

Steel se précipita, Phyl Amant haletant sur ses talons. Un glisseur noir était en train de décoller d'un îlot plus ferme au sein du marais. Les deux arrivants dégainèrent d'un même geste leurs radiants à impulsions et ouvrirent le feu. Une fraction de seconde trop tard : un écran d'énergie scintillant s'interposa entre eux et l'engin.

C'est alors qu'ils virent l'autre glisseur, un lourd appareil gris-vert avec des voilures delta, vers lequel courait une silhouette à la mise exotique. Rufus Steel tira avec son fusil à aiguilles. Une grêle de fléchettes anesthésiantes alla frapper le fuyard. Ce dernier parvint pourtant à se traîner jusqu'au véhicule, devant lequel il finit par s'écrouler.

Steel abaissa son arme et sauta sur l'îlot. Quand Phyl Amant y prit pied à son tour, il remarqua que ce qu'il croyait être un sol ferme n'était autre que le toit d'une construction enterrée dans le marais. Quelqu'un y avait découpé une ouverture carrée, avec une arme énergétique si l'on en jugeait à l'aspect des bords.

Le sergent avait atteint le corps immobile et se penchait sur lui. Au même instant, l'inconnu se releva brutalement et bondit comme un rhinocéros, assenant au passage à Rufus un coup dont la force lui broya littéralement le visage. Il se rua dans son glisseur par l'écoutille restée ouverte et appareilla à pleine puissance, si bien qu'Amant n'eut même pas l'occasion de tirer un seul coup de radiant.

Le secrétaire impérial jura vigoureusement. Entre-temps, Rufus Steel se tâtait la figure et en arrachait les derniers lambeaux de peau.

— C'est la huitième fois que mon biomasque est endommagé en service, déclara-t-il tranquillement.

À ce moment, tous deux entendirent un faible appel à l'aide. Le premier, le sergent Steel en détermina l'origine : il pénétra par l'ouverture carrée de l'édifice souterrain, et en ressortit avec sur l'épaule un homme aux pieds et aux mains entravés.

Les yeux de Phyl Amant lui sortirent littéralement des orbites quand il identifia le captif.

— Professeur Yussov !

Mais Floyd Yussov ne lui prêtait aucune attention. Pendant que Rufus le libérait de ses liens, il regardait avec une fixité horrifiée la face ravagée du soldat.

— Que… Que lui est-il arrivé… ? chuchota-t-il enfin à l'adresse de Phyl.

— Rien dont vous deviez vous inquiéter, cher Professeur, répondit-il en riant. Ce n'est pas la première fois, mais il n'y a aucune difficulté à restaurer le visage d'un robot !

*
* *

Deux heures plus tard, Phyl Amant s'asseyait devant l'empereur et lui faisait son rapport.

— Pour peu, nous capturions Pahul Jinza, conclut-il d'un air furieux. J'aurais juré que le gars était tétanisé. Pourtant, il a réussi à s'échapper ! C'est très curieux.

Anson Argyris sourit dans sa barbe. Le masque-cocon Pahul Jinza était effectivement encore paralysé ;

l'ordinateur de la centrale biologique s'occupait de le traiter. Mais le secrétaire ne pouvait pas le savoir. Pas plus qu'il ne pouvait deviner que dans le corps de Jinza s'était trouvé un robot Vario-500 qui, lui, gardait toute latitude pour déplacer l'enveloppe anesthésiée.

— Allons ! L'essentiel est que le professeur Yussov en soit sorti sain et sauf. On semble avoir un urgent besoin de lui dans le Système Solaire : le professeur Waringer l'a déjà demandé plusieurs fois. (Il toussota.) Dites donc, avez-vous découvert des indices ?

Phyl Amant hocha vivement la tête, et déposa sur la table un sac en plastique qui contenait une chaussure dorée à bout recourbé.

— Voici, Argyris ! Une chaussure de Pahul Jinza.

Puis il haussa les sourcils et s'étonna :

— D'où vous est venue l'idée que je pourrais avoir trouvé quelque chose ?

— Oh, il reste souvent des traces sur les lieux, éluda Anson. Et comme je collectionne les souvenirs des grands criminels… Me laisseriez-vous cette chaussure ?

Ainsi, je ne devrai pas en refaire fabriquer une pour le biomasque de Jinza, ajouta-t-il *in petto*.

— Pourquoi pas ? accepta Amant. Elle a été examinée par le laboratoire. Nous ne pouvons pas faire grand-chose de plus avec. (Il ricana.) Au fait, Jinza vit sur un grand pied : cette barquette est une pointure 48.

L'empereur Anson Argyris joignit son rire à celui de son secrétaire. À la dérobée, il regarda ses bottes. Lui aussi chaussait du 48.

CHAPITRE III

Le professeur Floyd Yussov se frottait la nuque : le choc de la rematérialisation lui avait fait l'effet d'une décharge électrique remontant sa colonne vertébrale. À l'extérieur de son conteneur retentissaient des bruits de ferrailles entrechoquées. Le télécom de son casque bourdonna.

— Ici le colonel Maurice. Tout va bien, Professeur Yussov ?

Floyd respira, soulagé : il avait réussi. Ce voyage dans l'inconnu lui avait causé quelque appréhension.

Dans l'inconnu ?

Il sourit.

Au contraire : il revenait en pays de connaissance, dans le Système Solaire qu'il avait cru détruit avant que l'empereur Argyris ne lui révèle la vérité.

— Pourquoi ne répondez-vous pas, Professeur ? demanda la voix dans le récepteur, plus insistante.

— Je réfléchissais, c'est tout ! Je vais bien.

— Parfait ! Maintenant, nous vous sortons de là.

Au-dessus de l'astrophysicien apparut une lumière. Le couvercle du conteneur avait été ôté. Le professeur Yussov empoigna les barreaux de l'échelle et grimpa rapidement. Désorienté, il leva les yeux. Quelques mètres à sa verticale planait une *Gazelle*. L'aviso et le conteneur étaient enveloppés par une sphère d'énergie miroitante. En dehors de cette bulle protégée ne régnait pas le vide de l'espace comme il s'y attendait, mais une lumière blanche et vive, qui faisait mal aux yeux si on restait plus de quelques secondes sans ciller.

— Attention, j'envoie le rayon tracteur ! continua Maurice. Dès que vous ressentez son effet, laissez-vous aller.

Yussov opina machinalement du chef, geste que son interlocuteur ne pouvait voir. Aussitôt, il perçut la légère attraction du champ de force. Il lâcha les échelons et s'éleva lentement, jusque dans le sas de débarquement. La porte extérieure se referma derrière lui. L'astrophysicien avait surmonté sa confusion. Dès que le panneau intérieur s'ouvrit, il monta sans hésiter au central du navire discoïdal.

L'homme assis dans le siège de pilotage se tourna vers lui et l'accueillit d'un signe de tête.

— Bienvenue à bord, Professeur Yussov. Perry Rhodan et le professeur Waringer vous adressent leurs salutations. Je suis chargé de vous conduire en toute sécurité au chantier naval lunaire.

Floyd Yussov regarda à travers la coupole transparente qui coiffait le poste de commande. L'écran d'énergie était éteint, et pourtant, la vive clarté blanche emplissait encore l'extérieur.

— Mais… nous ne sommes pas dans le Système Solaire ! murmura le savant.

Maurice sourit.

— Pas encore, Professeur. Anson Argyris vous a sûrement expliqué que le Système Solaire – ou, comme nous l'appelons souvent, le Système Fantôme – se situe dans un plan temporel déphasé de cinq minutes vers l'avenir. Le chemin qui y mène passe par ce que l'on nomme « chronosas ». Nous nous trouvons pour l'instant dans sa section chromatique blanche, c'est-à-dire juste derrière le seuil temporel.

« Attention, nous sommes saisis par le faisceau de transfert qui nous est destiné. Veuillez vous asseoir à côté de moi, Professeur. En outre, vous pouvez ouvrir votre casque.

Yussov s'exécuta d'une main distraite, prit place dans le siège voisin de celui du colonel et boucla sa ceinture. Faute de point de référence, rien ne lui indiquait que la *Gazelle* se déplaçait. Il ne prit conscience du mouvement que quand une nuance vert pâle colora le blanc immaculé en avant de l'aviso. Quelques secondes plus tard, le navire était environné de vert.

— Dites-m'en davantage, s'il vous plaît, colonel Maurice, demanda Floyd à voix basse. Je suppose que c'est pour ça que l'on vous a envoyé.

Hubert S. Maurice s'adossa à son siège puis examina de plus près le visage étroit et le haut front du savant. Il devait son teint légèrement cuivré à la large diversité ethnique de ses ancêtres. Une couronne de cheveux noirs, striée de quelques fils d'argent, bordait son crâne dégarni. Malgré leurs doigts longs et fins, ses mains posées sur les accoudoirs dégageaient une impression de puissance.

Aux coins des lèvres du professeur se dessina soudain un sourire à l'ironie amicale.

— L'inspection est terminée, colonel ? J'espère qu'elle n'est pas en ma défaveur.

Hubert Selvin Maurice rit discrètement.

— Absolument pas, Professeur. En outre, votre réputation vous précède, et elle égale presque celle du professeur Geoffry Waringer. Mais je ne voudrais pas vous ennuyer. Vous avez bien sûr le droit de savoir.

La *Gazelle* quitta bientôt l'étape verte, qui fit place à une chaude lumière jaune. Ce qui se trouvait derrière, nul ne pouvait le concevoir, si tant est que le mot « derrière » ait même un sens : dans un tunnel qui traversait non pas l'espace normal mais le temps, les notions familières perdaient toute signification.

— Il nous faudra environ cinq minutes pour parcourir l'écluse temporelle. J'ignore si cette durée a une quelconque relation avec le fait que le Système Solaire se trouve aussi à cinq minutes dans l'avenir. Le couloir débouche au voisinage de Mercure. C'est également là que les conteneurs, dont le reste de la Galaxie pense qu'ils viennent de quelques planètes industrielles secrètes, plongent dans le séquenceur de normalisation temporelle, un transmetteur installé sur la plate-forme d'une barge de type *Dinosaure*, d'un diamètre de deux mille mètres. L'énergie qui alimente le dispositif est puisée directement dans le Soleil par un rayon de pompage.

Il toussota, comme pour surmonter une hésitation.

— Parfois, je me demande… Et si l'instabilité au cœur du Soleil était causée par ce prélèvement continu d'énergie ?

Le professeur Yussov étrécit les paupières, se livra à un rapide calcul mental et hocha la tête.

— Non, colonel. À nos yeux, la quantité d'énergie consommée par un grand transmetteur apparaît souvent comme monstrueuse, mais en comparaison de la production d'une étoile du type de Sol, elle est infime et ne peut avoir la plus petite influence sur ses processus réactionnels internes. Vous pouvez être totalement rassuré sur ce point.

Maurice eut un sourire crispé.

— J'aurais été plus rassuré encore si vous aviez

répondu à ma question par l'affirmative, Professeur. Dans ce cas, l'incertitude eût été levée et il ne nous suffirait plus qu'à trouver une solution pour survivre sans notre camouflage.

Le navire discoïdal laissa derrière lui les reflets jaunes, qui se teintaient déjà du rouge de l'étape suivante. Maurice continua la description :

— Le séquenceur est couplé avec un ordinateur très performant. C'est indispensable pour synchroniser à la perfection les envois des conteneurs vers les planètes réceptrices.

Il leva les yeux alors que la section rouge touchait à sa fin. Devant eux miroitait un rideau pourpre qui semblait animé de vagues perpétuelles.

— Nous allons franchir, sans rien en ressentir, le champ de confluence antitemporelle qui enveloppe notre système. C'est pour moi un phénomène des plus extraordinaires. La centrale de contrôle du champ C.A.T. se trouve au pôle nord de Mercure, ainsi que le convertisseur principal de confluence, qui est alimenté par un accumulateur hypertronique branché sur le Soleil. Ensuite, c'est le réseau paradimensionnel de diffusion circumsolaire qui distribue les ressources hyperénergétiques aux convertisseurs de confluence secondaires implantés sur les neuf planètes et leurs satellites. Ce sont eux qui sous-tendent le champ de confluence et le stabilisent. Sans cela, nous ne pourrions pas tenir une milliseconde dans la zone labile de l'avenir.

— Tout cela est un peu confus pour un homme qui, il y a peu encore, pensait tout le Système de Sol anéanti, murmura Floyd Yussov. Cependant, je crois pouvoir déduire de vos explications que le champ C.A.T. agit comme une bulle paratronique.

Hubert S. Maurice opina du chef.

— Je vois que vous comprenez très vite, Professeur. Il y a des gens dont la raison reste à jamais réfractaire à ces notions.

— La Nature protège ses créatures. Dans le cas où un esprit risquerait d'être brisé par la connaissance, la connaissance se ferme à lui.

Yussov eut un mouvement de recul involontaire lorsque les ondulations carminées se déchirèrent soudain et que la *Gazelle* émergea dans le vide interplanétaire. Le pilote activa les propulseurs à impulsions. L'aviso se dégagea du flux ininterrompu des conteneurs et de l'arc rouge clair du séquenceur de normalisation temporelle qui s'élevait à six cents mètres au-dessus de la plate-forme du *Dinosaure*.

Hubert Maurice se retourna, alarmé d'entendre la respiration soudain oppressée de Floyd Yussov. Mais le professeur s'était déjà remis de la surprise suivante. Il eut un rire bref.

— Comment ai-je pu seulement supposer que l'on pouvait contempler l'espace einsteinien depuis le Système Fantôme ? L'Univers tel que nous le connaissons n'existe plus là dehors ! Quelle est la structure du continuum à l'extérieur du champ de confluence antitemporelle ? Y a-t-il des théories à ce sujet ? Ou même des mesures ?

— Une quantité de théories, en effet, confirma Maurice avec une grimace amusée. Peut-être ne saurons-nous jamais laquelle est la bonne puisque pour pouvoir effectuer des analyses de la zone labile, nous devrions couper le champ C.A.T.

— Et il n'y aurait alors plus rien à mesurer, car le Système Solaire se trouverait de nouveau dans le continuum einsteinien, compléta Yussov.

— Exactement, Professeur. Le modèle que l'on estime le plus proche de la réalité est celui selon lequel la structure de la zone instable ressemble partiellement à l'espace linéaire et partiellement à l'hyperespace, sans être assimilable à aucun des deux.

Perdu dans ses pensées, Floyd Yussov hocha la tête. Il regardait le firmament jadis éclairé par les étoiles et la trace plus claire de la Voie Lactée. Tout cela avait disparu, remplacé par un arrière-plan rouge sombre, parfois agité de pulsations, comme s'il s'agissait d'une créature vivante.

Pour la première fois de sa vie, l'idée s'imposa au professeur que la notion d'« infini » ne concernait pas que l'étendue de l'Univers.

*
**

La cloche d'énergie abritait le grand vaisseau sphérique, au milieu des montagnes qui bordaient le cratère Tsiolkovski. La structure particulière de l'écran en faisait aussi une immense surface éclairante qui délimitait une île de lumière dans l'obscurité de la face cachée de la Lune. Des milliers de ces oasis ponctuaient cette partie du satellite. Elles ne révélaient pourtant pas grand-chose des chantiers navals automatisés, des immenses entrepôts, des puits et tunnels, des quartiers d'habitation creusés en sous-sol.

Assis à côté de l'hyperphysicien Geoffry Abel Waringer sur une plate-forme antigrav, le professeur Floyd Yussov contemplait le navire. Avec ses quinze cents mètres de diamètre, le *Sun Dragon* n'appartenait certes pas à la plus grande classe de vaisseaux de l'Empire Solaire. Il était de loin surpassé par les deux kilomètres et demi des ultracroiseurs. Pourtant, sa taille n'en faisait pas moins impression sur les gens qui n'y étaient pas habitués.

— Voilà donc le dragon solaire qui doit localiser le satellite tueur des inconnus… murmura Floyd.

Waringer répéta mentalement les mots plusieurs fois avant de saisir ce que son compagnon voulait dire. Lui, l'immortel relatif, le savant génial, avait besoin d'un temps d'adaptation pour descendre au niveau de la pensée ordinaire. Son esprit se mouvait généralement dans d'autres dimensions, des dimensions que le commun des mortels appréhendait rarement durant sa courte vie.

Il toussota en remarquant l'expression interrogative et impatiente du physicien :

— Ce n'est pas tout : le *Sun Dragon* ne doit pas seulement *localiser* le satellite tueur, il doit *l'atteindre* si nous voulons préserver de la mort les habitants du Système.

— Je comprends, dit Yussov à mi-voix.

Il observa les robots sophistiqués qui opéraient les ultimes vérifications sur la coque de terkonite aux reflets bleuâtres du géant de l'espace. Son regard erra ensuite sur la surface couverte de plastacier du cratère. Il ne subsistait plus ici un millimètre carré de sol lunaire. Même les parois intérieures des montagnes étaient bardées d'un gigantesque mur de terkonite troué de centaines de cavités qui abritaient des batteries de puissantes catapultes magnétiques, ainsi que des boyaux parcourus par des conduites à guides d'ondes, des ascenseurs et des galeries de convoyage.

Un sas d'accès s'ouvrit dans le rempart de métal. Deux plates-formes antigrav en émergèrent, l'une occupée par quatre personnes, l'autre par des colis.

Waringer rapprocha son appareil. Il put rapidement

identifier Lord Zi-Èvuss d'abord, puis Perry Rhodan, Atlan, et un homme en combinaison de la Direction de la Recherche Solaire. Ce dernier s'appelait Gertsa Hamesener, avait rang de lieutenant-colonel et commandait le *Sun Dragon*.

Le visage de Floyd Yussov s'illumina quand il reconnut le Stellarque.

— Au-dehors, chuchota-t-il, nous espérions, nous souhaitions ardemment que Rhodan au moins ait survécu à la catastrophe… Et je le vois de mes yeux. Maintenant, je ne doute plus que le danger qui nous menace sera lui aussi écarté.

Le professeur Waringer grimaça devant cet enthousiasme presque enfantin. Il se garda pourtant de toute réflexion, car Yussov travaillerait avec beaucoup plus d'efficacité s'il avait foi dans le succès de leur entreprise. Et pour ce qui les attendait, le professeur devrait montrer des capacités surhumaines.

Floyd Yussov fit signe aux nouveaux arrivants, et Rhodan lui répondit.

— Qui donc est-ce là ? demanda-t-il ensuite à Waringer en désignant Zi-Èvuss, manifestement dérouté par les traits un peu simiesques du visage, survivance d'un si lointain passé.

Geoffry lui expliqua en quelques mots le sondage dans la fosse des Tonga, la découverte du préhominien conservé en stase énergétique, et son sauvetage.

— Que son apparence ou ses erreurs de langage ne vous trompent pas, ce n'est pas un animal, ajouta-t-il, précipitamment car l'autre plate-forme était déjà très près. Même s'il n'appartient pas à l'espèce *Homo sapiens*, Lord Zi-Èvuss est beaucoup plus intelligent que nous ne l'avions pensé des Néandertaliens.

Les engins de transport se rejoignirent. Perry Rhodan

en descendit d'un bond souple et vint serrer la main de Yussov.

— Je me réjouis de vous accueillir ici, Professeur. L'empereur Argyris m'a déjà informé de vos aventures. J'espère que vous n'avez pas été maltraité.

— Vu les circonstances, cela pouvait aller, Monsieur. Mes ravisseurs voulaient que je leur parle d'un minerai qu'ils appelaient « ynkélonium ». Après le premier interrogatoire sous psychodélieur, ils ont apparemment admis que j'ignorais tout. Ils m'ont laissé en paix, puis m'ont conduit dans des marais, où je devais être livré à un homme du nom de Jinza. Heureusement, le secrétaire de l'empereur Argyris est intervenu à temps pour me libérer.

Le Stellarque hocha la tête.

— Avez-vous eu l'impression que vos ravisseurs savaient autre chose sur la nature de l'ynkélonium ?

— Ils savaient qu'on l'utilise pour obtenir des alliages métalliques précieux. Je crois que c'est tout.

Rhodan respira, soulagé.

— Mais je manque à mes devoirs civils. Connaissez-vous le Lord-Amiral Atlan ?

— Nous nous sommes rencontrés plusieurs fois à l'observatoire solaire sur Mercure, sourit l'Arkonide. Au « bon vieux temps ».

Perry présenta ensuite le lieutenant-colonel Hamesener, puis Lord Zi-Èvuss.

Arborant une mine ravie, le Néandertalien répondit vivement au salut que lui fit Yussov.

— Bonjour, Professeur ! C'est toi le sorcier qui doit apaiser le Dieu Soleil ?

— Quelque chose comme ça, répondit le savant après un moment de surprise. Mais ma médecine n'est pas aussi bonne que celle du professeur Waringer.

Amusé, Perry Rhodan sourit.

— Nous nous reverrons dans une heure dans la grande salle de conférences du *Sun Dragon* !

Il remonta sur sa plate-forme et la fit décoller.

Le professeur Yussov les regarda s'éloigner pendant une longue minute, puis il secoua la tête.

— Je peux à peine y croire… murmura-t-il. Un Néandertalien vivant, au XXXVe siècle après Jésus-Christ ! Et qui parle couramment l'intergalacte ! N'y avait-il pas même une nuance d'ironie quand il m'a appelé « sorcier » ?

Waringer haussa les épaules.

— Je n'ai rien remarqué. Mais de la part de Lord Zi-Èvuss, tout est possible. Il possède un indéniable sens de l'humour.

Il guida sa plate-forme vers un sas ouvert dans le bourrelet équatorial du *Sun Dragon*.

— Venez, Yussov, je vais vous mettre au travail !

Floyd opina du chef. Il mettrait en œuvre toutes ses connaissances afin d'éviter à l'humanité solaire un funeste destin…

*
* *

Le vaste local se remplissait peu à peu. Le professeur Yussov réalisa immédiatement qu'il ne s'agissait pas d'une salle de conférences classique. Un tiers des parois était couvert par les unités de communication d'un ordinateur, et un autre tiers par des écrans de visualisation, des affichages de diagrammes et des témoins de contrôle. Geoffry Abel Waringer avait informé le physicien : il devait absolument tout apprendre de ce qui s'était produit depuis la soi-disant disparition du Système Solaire. En outre, Waringer était le directeur scientifique de la Recherche Solaire et assurerait aussi le commandement de l'opération *Bouclier Solaire* – ainsi avait-on appelé la tentative d'intervention contre le satellite tueur caché au sein du Soleil.

Le *Sun Dragon* était en construction depuis plusieurs mois déjà quand Floyd Yussov s'était trouvé pour la dernière fois dans le Système Solaire. À l'époque, il avait été nommé chef de la section astrophysique. Personne ne pressentait alors que la première mission du *Sun Dragon* consisterait, ni plus ni moins, à sauver les planètes de Sol et leurs vingt-cinq milliards d'habitants.

— Comme vous vous en souvenez certainement, lui avait rappelé Geoffry, le *Dragon* a été développé à partir de la cellule d'un supercroiseur de la classe Empire. Toutefois, ses capacités offensives sont nettement plus limitées. L'unique armement se compose d'un radiant transformateur dans la coupole polaire supérieure. Il peut tirer des bombes à fusion d'un calibre atteignant les quatre mille gigatonnes d'équivalent TNT. Cela excepté, l'agencement intérieur et les équipements sont entièrement originaux. On peut dire que ce vaisseau a été taillé sur mesure, d'où la durée de sa construction.

« En réalité, le *Sun Dragon* n'est rien d'autre qu'une station énergétique volante, bardée de capteurs. Il ne contient ni propulseur linéaire, ni convertisseur Waringer, ni l'habituel nécessaire pour les vols à longue distance, et pas davantage de corvettes, *Gazelles* ou chasseurs spatiaux embarqués. Au lieu de cela, on y a installé dix-huit centrales HiPCaR[1], des super-généra-

1. Acronyme de *Hi*gh *P*ressure *Ca*talyzed-Plasma *R*eactor.

teurs à haute pression qui réalisent la fusion du plasma catalysé. Ces réacteurs alimentent un double écran à surcharge de haute énergie et un bouclier paratronique à structure densifiée, ainsi que des propulseurs à impulsions du type standard. Si ce n'est qu'ils permettent en théorie d'accélérer, départ arrêté dans la photosphère, à 800 kilomètres par seconde carrée et de maintenir la poussée jusqu'à atteindre la vitesse de libération.

Floyd Yussov fronça les sourcils.

— Un moment, s'il vous plaît, professeur Waringer ! Vous dites « en théorie ». Pourquoi cette restriction ?

Geoffry Abel Waringer sourit, compréhensif.

— Pour deux raisons. D'abord, parce que pour maintenir une orbite rapprochée autour du Soleil, les propulseurs devront *déjà* équilibrer son attraction, et ensuite, parce que nous n'effectuerons *jamais* une manœuvre de ce style : imaginez ce qui arriverait si les neutralisateurs de pesanteur venaient à lâcher…

— Qu'est-ce que les neutralisateurs ont à voir dans l'histoire ?

— Allons, Yussov ! Pour atteindre la vitesse de libération solaire, l'accélération…

— D'accord ! coupa l'astrophysicien. Sans absorbeurs, les membres de l'équipage seraient écrasés à mort. Cependant, que je sache, un neutralisateur de pesanteur de qualité terranienne n'est jamais tombé en panne. Mais vous comptez probablement avec des influences extérieures.

— De diverses sortes en effet, répondit sombrement Waringer. Ah, voilà Perry. La conférence va commencer. Nous continuerons plus tard.

Une minute plus tard, Rhodan s'avança à la tribune. Son allocution fut brève : il rappela le danger de l'arme à retardement qui menaçait l'humanité solaire, et brossa en quelques phrases l'action envisagée. En conclusion, il annonçait encore que le *Sun Dragon* ne ferait pas le voyage jusqu'à l'étoile par ses propres moyens, mais serait amené sur la zone par une barge spatiale de type *Dinosaure*. D'une part, on gagnerait un peu de temps car le navire de recherche n'était pas apte au vol linéaire, et de plus, il commencerait la mission avec des réserves énergétiques à leur maximum.

Geoffry succéda à son beau-père pour présider la discussion scientifique qui suivit. À l'issue de la conférence, toutes les éventualités avaient été prévues.

C'était du moins ce que l'on croyait…

***

Le colonel Hubert Selvin Maurice dirigeait l'unité du Commando de Sécurité Stellarque depuis la coupole de commandement du *Dino-69*. Il y avait à cela une bonne raison : Perry Rhodan et Atlan ne participeraient pas au voyage du *Sun Dragon*, mais suivraient l'action depuis le cargo.

Sur le grand écran, la tache lumineuse du dôme énergétique du cratère Tsiolkovski était nettement visible. En dessous se dessinaient les contours du vaisseau d'exploration solaire.

Maurice entendit derrière lui un « plop » et sentit un courant d'air ténu sur sa nuque. Il se retourna et sourit aimablement en reconnaissant L'Émir, qui portait une tenue de combat légère.

— Salut, tonton-sécu ! l'interpella le mulot-castor.

Il fourra une carotte fraîche dans sa bouche et la rongea de son unique incisive, avec un bruit de râpe. Légèrement irrité, Hubert S. Maurice grimaça.

— Même si vous n'avez aucun respect pour la hiérarchie, veuillez au moins m'appeler « Maurice ». Je vous concède même « Hubert ». Que vont penser les gens ?

— Les gens… ? zézaya le mulot en inclinant la tête de côté. Peu me chaut, à moi, de savoir ce que pensent les gens ! Mais puisque tu me le concèdes, continua-t-il, patelin, j'accepte de t'appeler « Hubertus ».

— Hu-bert ! corrigea Maurice en haussant un sourcil, premier indice de sa désapprobation.

Le petit hocha la tête, mâchonna un morceau de carotte, l'avala puis cligna d'un œil malicieux :

— C'est trop intime pour moi, jeune homme. « Hubertus » ne sonne-t-il pas plus distingué, plus sérieux ?

Le deuxième sourcil de Maurice commençait à rejoindre le premier, aussi le mulot-castor ajouta-t-il bien vite :

— Mais si tu me tutoies, la familiarité de « Hubert » ne me gêne plus.

Le deuxième sourcil du colonel s'arrêta en chemin puis redescendit en position normale.

— Très bien, L'Émir. Maintenant, tiens-toi tranquille, j'ai à faire.

Il brancha un télécom dont l'écran affichait un symbole rouge clignotant, et écouta, impassible, le rapport de l'unité du C.S.S. en poste à bord du *Sun Dragon*. Il apprit que le navire scientifique appareillerait dans la minute.

L'Ilt s'était entre-temps lové dans le fauteuil-contour à côté de lui, et ne le dérangeait plus. Davantage que la plupart des officiers dans l'entourage de Rhodan, le chef de la sécurité avait conscience qu'il restait encore plus qu'assez de groupes rebelles dangereux dans le

Système Fantôme. Le nombre de leurs membres était certes très réduit, mais c'étaient justement les plus petites factions de conspirateurs qui pouvaient causer les plus grands dégâts parce qu'elles n'envisageaient d'atteindre leurs objectifs que par la violence et le terrorisme.

En dessous de la barge, à la surface de la Lune, l'écran protecteur s'éteignit. La visualisation commuta automatiquement du mode optique à l'acquisition des divers systèmes de détection. Le *Sun Dragon* se dressait telle une montagne sphérique d'acier. Ses propulseurs corpusculaires étaient au repos ; il s'éleva néanmoins, d'abord lentement puis de plus en plus vite, porté par des champs de sustentation. Cette procédure de départ n'était pas absolument indispensable, mais s'avérait plus économique : cela évitait de rénover trop souvent la terkonite des aires de décollage et d'atterrissage.

Sous le bourrelet équatorial du *Sun Dragon*, les courtes traînées bleutées jaillissant des tuyères ne devinrent visibles qu'une fois atteinte une altitude de cent cinquante kilomètres, l'espace que l'on appelait « libre ».

L'Émir amorça de nouveau la conversation :

— As-tu déjà accordé une pensée à la question de savoir qui étaient ces inconnus qui ont visité la Terre il y a deux cent mille ans ?

— Accordé une pensée… ? s'étrangla Maurice. Je me suis cassé la tête à ce sujet durant d'innombrables nuits sans sommeil ! (Il soupira.) Malheureusement sans résultat. Peux-tu me dire, toi, combien de civilisations il y avait dans notre galaxie à cette époque ?

— Je le voudrais bien, répondit le mulot, dont toute l'insolence était tombée. Pourtant, ils devaient avoir une raison précise pour employer les hommes les plus évolués comme auxiliaires, capturer un Néandertalien et le conserver en stase énergétique.

— Sûrement, admit Maurice en observant attentivement la manœuvre d'approche du vaisseau de recherche stellaire. Cependant, les motivations pour la préservation de Zi-Èvuss me semblent avoir entretemps sombré dans l'oubli, car sans nos sondages dans les Tonga, il aurait finalement péri avec tout le monde dans l'explosion de notre Soleil. Cela ne devait pas faire partie du plan des « visiteurs ». Sinon, la mise en stase eût été un pur gaspillage de temps et de moyens.

— Peut-être, renchérit le mulot-castor, en a-t-il été de même pour l'installation de la bombe à retardement ? Et si la race des inconnus s'était éteinte depuis longtemps… Quelle tragédie cosmique si l'humanité solaire disparaissait malgré tout !

— Ce serait une tragédie dans l'un et l'autre cas, trancha le colonel. Mais je voudrais contribuer, si peu que ce soit, à la destruction du satellite tueur !

— Tu y as déjà contribué, Hubert, plus que tout autre, assura le petit avec sérieux. N'est-ce pas toi qui as découvert une tentative de sabotage au chantier naval de la Recherche ? Et l'attentat lors de l'inauguration de la Route des Conteneurs, qui l'a déjoué ? Et qui a fait en sorte que Lord Zi-Èvuss échappe à l'action du groupe anarchiste, restant ainsi une précieuse source d'information pour l'Humanité ? Dois-je continuer à énumérer tes mérites ?

Hubert S. Maurice déclina l'offre.

— Tout cela fait partie de mon travail, L'Émir.

— Pas de fausse modestie ! répondit l'Ilt, à nouveau d'humeur badine. Certains se contentent d'accomplir leur devoir, sans plus. Toi, tu te défonces à deux cents pour cent. Et tu voudrais me faire croire que ce n'est rien ?

Le chef du C.S.S. rougit pour de bon. Il fut tiré d'embarras par l'appontage imminent du *Sun Dragon*, et les communications qu'il devait échanger avec ses hommes.

Un léger choc ébranla la structure de la barge quand les étançons du vaisseau scientifique entrèrent en contact avec la vaste plate-forme. Avec un grondement, les convertisseurs montèrent en régime pour établir les champs d'ancrage, qui enveloppèrent le *Dragon* et le maintiendraient en place. Le géant avait pris un autre géant sur son « dos ».

Sur un écran holovidéo apparut l'image de Perry Rhodan. Involontairement, Urbain Slipher, le commandant du *Dino-69*, rectifia la position. Le Stellarque n'y prêta pas attention et annonça :

— Nous sommes prêts, major. Quelle est la situation chez vous ?

Slipher jeta un regard sur la plaque lumineuse du contrôle central, par simple habitude.

— *Dino-69* paré à appareiller, Monsieur !

Rhodan remercia d'un bref signe de tête et poursuivit :

— Nous nous en tenons au plan convenu. En cas de nouveaux développements, le colonel Hamesener se mettra personnellement en liaison avec vous. Je vous souhaite... (Il sourit et rectifia.) Je *nous* souhaite un bon vol. Terminé !

On avait constaté, après l'activation du déphasage de cinq minutes vers l'avenir, que les effets de lumière et autres phénomènes inhérents au vol linéaire s'exprimaient avec moins d'intensité dans le Système Fantôme que dans le continuum einsteinien. Presque tous les hyperphysiciens s'accordaient pour expliquer que l'entr'espace qui existait à l'intérieur du champ de confluence antitemporelle était totalement distinct de celui du plan temporel standard. C'était l'extension limitée de cet entr'espace qui réduisait les effets optiques et énergétiques.

La manœuvre linéaire fut brève. Le trajet Lune-Soleil dura quelques minutes à peine.

Le *Dino* émergea de l'entr'espace à environ dix millions de kilomètres de l'astre tutélaire. Il conserva d'abord une allure de 0,35 fois la vitesse luminique, bien que l'attraction de Sol ne présente aucun danger. Le cap actuel de la barge passait à neuf millions de kilomètres de l'étoile. Après quelques opérations de freinage, le transporteur se positionna sur une orbite provisoire, à six millions de kilomètres.

Tout en surveillant d'un air méfiant le transbordement de Perry Rhodan et Atlan, le colonel Maurice jetait de temps en temps un œil sur l'image filtrée du disque solaire, qui arborait une couleur orangée, avec les cellules de convection nettement délimitées, l'hydrogène en plus clair et les taches solaires en sombre.

Maurice en afficha une en gros plan sur un écran séparé. Une zone d'un noir de jais, bordée de filaments brillant sur la pénombre. Il frissonna.

C'est comme si je regardais droit dans une gueule béante, insondable…

Il commuta sur un plan élargi. Pas d'éruption de gaz en vue. Seules les taches solaires apparaissaient, irrégulièrement dispersées.

Maurice sursauta, arraché à ses médiations par un appel du commandant.

— Oui, vous désirez… ? répondit-il, troublé.

Urbain Slipher eut un bref ricanement ironique.

— Je demandais si je pouvais libérer le *Sun Dragon*, Monsieur…

Hubert réagit au gloussement équivoque de l'officier en haussant un sourcil puis il se retourna et lui jeta, à travers le central, un regard lourd de signification.

— J'attends le Stellarque et le Lord-Amiral Atlan, major Slipher…

Le ricanement de l'interpellé s'éteignit.

— Ces messieurs sont en route, colonel. Il y a…

Maurice leva la main et coupa le discours du commandant.

— Tant que Perry Rhodan et Atlan ne se trouvent pas ici, sur la passerelle, le *Sun Dragon* ne recevra pas l'autorisation de départ. Cela me paraissait pourtant clair. Je constate que votre attention laisse à désirer, major !

Slipher déglutit et lutta visiblement avec son envie de répliquer. Il eut la sagesse d'y renoncer. Il se défoula en transmettant intégralement l'« aimable commission » au pacha du *Sun Dragon*, au grand amusement de L'Émir.

À peine le vaisseau de recherche eut-il reçu la réponse que le sas d'accès au central s'ouvrit. Perry Rhodan fit son entrée en compagnie d'Atlan. Trois gardes du C.S.S. suivaient les deux hommes les plus puissants de l'Humanité.

Le colonel Maurice se leva et se tint fixe, raide comme s'il avait avalé l'antique mètre-étalon terrien en platine-iridium. Cette marque de respect extrême ne l'empêcha pas de soumettre ensuite le Stellarque à un contrôle pointilleux et approfondi : presque provoquant, il vérifia soigneusement, l'une après l'autre, ses armes personnelles ; il hocha la tête d'un air de reproche et, avec un soupir résigné, remplaça un chargeur presque vide. Il appliqua la même procédure à Atlan. Excepté L'Émir, lui seul se permettait de traiter ainsi l'Arkonide sans sourciller.

Ce dernier émit néanmoins une vague protestation.

Hubert promena ses doigts dans les poches-poitrine de l'uniforme du chef de l'O.M.U., puis recula d'un pas et l'examina comme s'il ne l'avait jamais vu.

— Je ne fais que remplir mon devoir, Lord-Amiral, répondit-il doucement. Et celui-ci consiste à protéger le Stellarque de l'Empire Solaire et ses compagnons de tous les aléas possibles et imaginables. Mille pardons, mais je ne puis vous épargner la procédure. Sauf si Monsieur Rhodan me relève de mes fonctions.

Atlan soupira.

— Je n'ai aucune raison de demander cela au Stellarque. (Il secoua la tête.) Quel peuple extraordinaire vous faites, vous autres Terraniens ! Je ne pourrais plus imaginer ma vie sans vous. Continuez, colonel.

Hubert Selvin Maurice s'inclina respectueusement.

— Certainement, Monsieur.

De ses doigts habiles, il tira une feuille de papier magnétique d'une poche d'Atlan, la déplia et lut le texte en fronçant les sourcils. Puis il regarda l'Arkonide à travers ses paupières mi-closes.

— C'est un brouillon de tract de l'Impérium de Dabrifa… ! constata-t-il d'un ton chargé de reproches.

— Je sais, et…

— Il y est dit, poursuivit Maurice, impassible, que le Conseil de l'Impérium promet une récompense de deux millions de solars à toute personne qui fournira des informations sur la position galactique d'un monde industriel héritier de l'Empire Solaire.

— Intéressant, n'est-ce pas ?

— Hum ! Puis-je vous soumettre une proposition, Lord-Amiral ?

— Je vous en prie.

— Vous avez obtenu cette pièce sur un agent que vous avez « retourné ». Renoncez à le libérer après lui avoir rendu son document.

— Vous devriez vous installer comme voyante extralucide, colonel, ironisa Atlan. Toutefois, sachez que cet espion de Dabrifa a été intercepté dans l'espace einsteinien. Il ne peut donc rien révéler sur le Système Fantôme.

— Pas lui, amiral, le feuillet. Je pense que vous n'êtes pas encore familiarisé avec le dernier né des services secrets de Dabrifa : le papier à mémorisation d'hyper-résonance renforcée. Il capte les ondes sonores et les convertit en structures hyperénergétiques, que l'on peut relire avec le décodeur *ad hoc*. Cette feuille M.H.R. a probablement enregistré vos conversations, parmi lesquelles celles avec le Stellarque.

Atlan blêmit.

— Machiavélique ! Comment connaissez-vous ce gadget des services dabrifans ?

— C'est Anson Argyris qui est tombé sur cette histoire. Heureusement pour nous, dirais-je, car lui seul était en mesure d'identifier immédiatement la véritable nature de ce matériau. Un point positif, la feuille M.H.R. possède une faiblesse. Si on la tient à la main pendant que l'on parle ou que des bruits quelconques sont produits, on sent un léger fourmillement au bout des doigts. Bien sûr, les laboratoires de la Défense Solaire travaillent sur un moyen d'identification plus fiable.

Il restitua le papier à l'Arkonide, qui le posa sur la paume de sa main. Il tressaillit en notant une imperceptible vibration, à laquelle il n'eût jamais prêté attention si on ne l'avait pas averti. Les sons habituels du poste de commandement suffisaient déjà pour activer la feuille M.H.R.

Il le froissa et le jeta dans l'incinérateur de déchets, puis il se tourna vers Rhodan.

— Quelle bénédiction que le chef du C.S.S. soit un homme si tatillon, dit-il avec un sourire dépourvu de tout humour. Parfois, je le crains, nous oublions que des gens vivent encore, là-bas, hors du Système Solaire. Et qu'ils sont plutôt ingénieux. Dans le bon sens comme dans le mauvais…

— Je sais, répondit Perry avec lassitude. Certes, nous avons empêché une guerre civile, mais nous seuls devons en payer le prix. Grand merci, colonel. À présent, ne faites pas attendre plus longtemps le major Slipher. Entre-temps, je me rends au centralcom.

Hubert S. Maurice rectifia de nouveau la position, puis effectua un demi-tour réglementaire.

— Major Slipher ! appela-t-il à travers le poste de commandement. Libérez le *Sun Dragon*, et transmettez à ses passagers nos meilleurs vœux de succès !

CHAPITRE IV

Geoffry Abel Waringer considérait d'un regard critique les appareils que l'Accalaurie Accutron Mspoern nommait « hypersenseurs de structure à ultra-haute sensibilité ». Bien que les scientifiques de l'Humanité fissent de la recherche sur les étoiles depuis plusieurs millénaires, ils ne disposaient pas d'équipements de ce type.

— Probablement, pensait le professeur, cela tient-il au fait que ces êtres d'antimatière peuvent, pendant un certain temps, métaboliser directement l'énergie solaire. Parmi les détails de la physique stellaire, il est normal qu'ils se soient intéressés particulièrement aux fluctuations de la structure énergétique des étoiles.

Le commandant du *Sun Dragon*, le lieutenant-colonel Gertsa Hamesener, l'interpella.

— Le *Dino-69* nous donne le feu vert ! Avant que nous appareillions, le Stellarque souhaiterait vous parler.

Waringer fronça les sourcils puis haussa les épaules, fataliste : il devinait ce que voulait son beau-père.

Sans hâte particulière, il se rendit au centralcom du vaisseau scientifique. Le buste de Rhodan apparaissait sur l'écran du télécom principal, sabré de perturbations.

Déjà ici, les émissions solaires gênaient les radiocommunications.

L'hyperphysicien s'avança devant l'optique du dispositif.

— Oui, Perry… ?

— Geoffry, il est de mon devoir de te mettre en garde, une fois encore et avec insistance, contre ta participation à cette entreprise risquée. Abstraction faite de notre lien personnel, je te rappelle que tu es trop précieux à l'humanité solaire pour t'engager dans ce vol d'investigation. Quitte le *Dragon* avant qu'il ne parte !

Waringer secoua la tête.

— Perry, vous tous me considérez comme un génie de l'hyperphysique, expliqua-t-il sans ironie aucune. Peut-être est-ce vrai, peut-être pas. Quoi qu'il en soit, je sais qu'à bord de ce navire, je suis mieux à même d'observer, d'analyser et d'inférer que tout autre de mes collègues, grâce à l'expérience acquise au cours de mon existence millénaire. Ces capacités doivent-elles rester inemployées, alors qu'il s'agit d'une question de vie ou de mort pour l'humanité solaire ?

— Si le vaisseau fait naufrage, l'humanité solaire y perdra un homme qui a toutes les qualités requises pour trouver une réponse à cette question, Geoffry.

Durant de longues secondes, Waringer regarda en silence le Stellarque. Il vit son visage aux traits tirés par de nombreuses nuits sans sommeil pâlir davantage encore car, évidemment, le beau-père lisait dans les yeux de son gendre sa décision. Ce dernier commenta :

— Si le *Dragon* fait naufrage, Perry, tu ne pourras pas attendre le lancement du prochain vaisseau de recherche. Tu devras préparer l'évacuation des mondes solaires. (Il sourit avec amertume.) Et pour cela, vous n'avez pas besoin de moi.

Rhodan comprit qu'il ne saurait pas convaincre Geoffry.

— Soit… conclut-il. Je vous souhaite à tous une bonne réussite. Et avant tout, rentrez sains et saufs !

— Merci, Perry !

Waringer lui adressa un dernier signe de la main avant que l'écran s'éteigne.

Quand il se retourna, le professeur Floyd Yussov entrait justement dans le centralcom. Il le salua d'une brève inclinaison de la tête.

— Alors, comment vous en sortez-vous avec votre équipe ? Vous en venez à bout ?

— Ça se passe bien, Monsieur, répondit Yussov avant de continuer, l'air perplexe : Mais ce n'est pas pour cela que je suis ici. J'aimerais entendre votre opinion sur cette fameuse arme à retardement. Tout le monde en parle, ici. Certains savants affirment même que contre ce dispositif implanté par un peuple technologiquement supérieur, il n'y aurait aucune parade si ce n'est l'évacuation de l'humanité solaire. Malheureusement, je ne suis pas informé de tout ce qui a trait à cette mystérieuse arme.

— Bien sûr. Vous êtes revenu depuis trop peu de temps pour avoir pris connaissance de tous les détails. (Waringer lui indiqua la direction de la centrale de contrôle.) Si nous y allions ? Je sais ce que pensent les savants, Yussov. Leur solution est celle qui se présente le plus naturellement à l'esprit. Cependant, on ne peut pas évacuer du jour au lendemain vingt-cinq milliards de personnes. *Primo*, tous les vaisseaux de l'Astromarine Solaire n'y suffiraient pas, et *secundo*, où faudrait-il emmener tous ces gens ? Nous ne pouvons pas les envoyer au beau milieu du cosmos ! La population des autres mondes pourrait dans le meilleur des cas en absorber de petits contingents. Probablement devrions-nous, puisque le temps presse, nous installer de force sur certaines planètes de type terrestre faiblement occupées. Aux yeux des autres peuples, l'humanité solaire passerait alors pour une bande de pirates et de brigands. On appellerait à la croisade contre nous. Il en résulterait des guerres qui dureraient des siècles. Évidemment, si tous les autres moyens nous font défaut, nous devrons suivre cette voie. Mais si nous pouvons l'éviter, nous empêcherons que l'humanité solaire, ses enfants et les enfants de ses enfants ne deviennent les parias de la Galaxie.

Les deux hommes entrèrent dans le poste central et allèrent s'asseoir derrière la console de retransmission des données, tout à côté d'Accutron Mspoern et de son lobbyhuvos.

Les propulseurs montèrent en régime. Les deux hommes gardèrent le silence jusqu'à ce que le bruit redescende à un niveau permettant la conversation. Floyd Yussov reprit alors :

— Je suis d'accord avec votre point de vue, Monsieur. Mais qu'est-ce exactement que cette arme à retardement ? Tous ceux à qui j'ai posé la question sont restés cois, ou ils m'ont donné une réponse qui ne m'avançait à rien.

Waringer rit doucement.

— Pas étonnant, Yussov ! Nous en savons trop peu pour émettre des hypothèses valables. Ce que nous avons tiré de la mémoire de Lord Zi-Èvuss nous laisse penser qu'il y a environ deux cent mille ans, se sont produits des événements dont les conséquences présentes sont impossibles à prévoir. *Peut-être* deux grandes civilisations galactiques menaient-elles une guerre, et *peut-être* leurs stratèges ont-ils implanté dans de nombreux systèmes solaires des « bombes novagènes » qui devaient les détruire après un certain laps de temps. Quant à en déduire le pourquoi, cela ouvre à nouveau un vaste champ d'interrogations.

Il agita la main à l'adresse du Néandertalien qui passait pas loin.

— Salut, Lord Zi-Èvuss ! Veux-tu te joindre à nous un moment ?

Le préhominien se retourna. Son visage mi-simiesque, mi-humain se plissa en une grimace amicale. Il portait, comme tous les membres d'équipage, une tenue spatiale légère mais résistante, avec le casque associé et une puissante unité dorsale. Ceci au cas où, pour une raison quelconque, l'atmosphère du navire viendrait à s'échauffer anormalement. À la différence des autres astronautes, Zi-Èvuss éprouvait le port de sa combinaison comme une gêne extrême. Sans arrêt, il en pinçait et tiraillait les manches et les jambes. Il s'avança vers Waringer, lui prit la main dans sa patte poilue et secoua ensuite son bras de haut en bas, comme un levier de pompe.

Floyd Yussov ricana dans sa barbe de ce qui arrivait à Geoffry. Mais cela n'échappa pas à ce dernier, qui pria le Néandertalien de saluer aussi son collègue. L'astrophysicien se leva à moitié de son fauteuil. Il se trouvait tout à coup un peu embarrassé.

Comment dois-je m'adresser à lui ? Le vouvoyer ? Cela fait bizarre, pour un homme primitif. Mais le tutoyer, n'est-ce pas lui manquer de respect ? Après tout, il est bel et bien une personne comme une autre…

Il éluda le problème en se rabattant sur une forme neutre.

— Comment ça va ? demanda-t-il après que Zi-Èvuss eut enfin lâché sa main.

Le préhominien découvrit sa dentition, exhibant ses impressionnantes canines.

— Va mal, mais vole bien. *Sun Dragon* un bon vaisseau, sorcier.

Il se laissa tomber dans un fauteuil et ramena ses jambes sous son corps, comme il en avait l'habitude dans sa vie d'avant.

— Pourquoi l'avons-nous emmené ? s'enquit Yussov auprès de Waringer.

Pensif, l'hyperphysicien observa le Néandertalien.

— L'encéphale de Lord Zi-Èvuss renferme encore beaucoup d'informations auxquelles nous n'avons pas eu accès, Yussov. Nous espérons arriver à un contact visuel avec le satellite tueur. Cette vue directe « dégèlera » peut-être ses souvenirs, si je puis dire.

Le Néandertalien hocha vigoureusement la tête et tambourina des poings contre ses tempes.

— Tous les hommes disent, ici dedans beaucoup de connaissances. Mais le pauvre Lord Zi-Èvuss ne peut pas trouver. Il chercher et chercher, alors peut-être trouver quoi les hommes veulent savoir.

— J'espère que ces efforts continuels ne nuisent pas à son cerveau, murmura Floyd. N'est-il pas imaginable que ses souvenirs se soient partiellement effacés lors de son séjour en animation suspendue ?

— Il est très vraisemblable, au contraire, que ce procédé de conservation préserve également les substances et les liaisons chimiques qui sous-tendent la mémoire, beaucoup mieux que le sommeil profond normal, intervint le docteur Meng Tse.

Le cosmopsychologue s'était approché discrètement. Il s'inclina :

— Mais veuillez excuser cette immixtion.

— Inutile, Docteur, assura Waringer avec un geste d'invite vers un siège libre. Prenez place et continuons !

Le professeur Yussov examina le petit psychologue de haut en bas.

— Si ce que vous disiez est exact, enchaîna-t-il, les difficultés de Lord Zi-Èvuss à rassembler ses souvenirs auraient une autre cause : sa structure encéphalique ne serait apte à mémoriser que des éléments concrets ou durables.

— Vous n'avez qu'en partie raison. Le cerveau d'un Néandertalien n'est pas en mesure de ramener à la surface du conscient davantage que les souvenirs absolument vitaux, mais tout ce qu'il a une fois vu, entendu et senti, se retrouve profondément enfoui dans le subconscient, d'où on peut l'extraire grâce à un dispositif d'investigation paramécanique et le projeter sous forme de « fantôme mental ».

— Lord Zi-Èvuss savoir beaucoup, déclara le préhominien. Mais il ne peut pas voir lui-même. Seulement avec l'aide de l'esprit de la machine.

— Je trouve, dit Waringer en souriant, qu'à sa manière simple, il exprime cela avec beaucoup de pertinence. Parfois, je souhaiterais que les gens du XXXVe siècle eux aussi soient moins compliqués.

Meng Tse eut un rire sarcastique.

— Si vous aspirez à la simplification intellectuelle, Monsieur, je vous recommande ma clinique privée pour la chirurgie du cerveau, à Terrania. Avec le focalisateur séquentiel, je puis vous désactiver toutes les zones cérébrales que vous souhaitez.

Le professeur Waringer grimaça, puis rit franchement.

— Non, merci, Docteur. Pour l'instant, je préfère rester une personne compliquée.

Il se tut quand les convertisseurs à fusion du *Sun Dragon* montèrent à nouveau en régime avec un bruit assourdissant. Le secteur avant de la galerie panoramique montrait soudain un époustouflant feu d'artifice de colossales décharges d'énergie.

La voix du commandant tomba des haut-parleurs :

— Nous avons activé l'écran SH pour nous protéger d'un nuage de plasma particulièrement étendu. Hamesener, terminé !

Le regard de Waringer s'assombrit. L'orage énergétique qui sévissait dans le bouclier lui donnait un avant-goût de ce qui les attendait à l'intérieur de l'atmosphère du Soleil. En même temps, il commençait à pressentir que la détection et l'examen du satellite tueur – au cas où ce dernier existait – n'iraient pas sans difficultés extrêmes.

Les puissants projecteurs du *Dragon* avaient aussi édifié l'écran paratronique. À la vitesse de 618,7 kilomètres par seconde, le vaisseau scientifique pénétra dans la couronne solaire selon la trajectoire précalculée.

Meng Tse observait attentivement le Néandertalien, qui n'éprouvait apparemment aucune crainte bien que les bouches de l'Enfer semblent s'ouvrir sous le vaisseau scientifique. Sans arrêt, des déchirures se formaient dans la structure du continuum einsteinien lorsque le bouclier paratronique déviait dans l'hyperespace le plasma et les décharges énergétiques. Sur les écrans bouillonnait et ondoyait un néant incompréhensible, qui s'étendait pour saisir le vaisseau et refluait devant les forces d'inertie de la structure spatiotemporelle standard.

*
* *

Le professeur Waringer s'était assis à côté du commandant. C'est à lui qu'incombait de décider quelles manœuvres le lieutenant-colonel Hamesener exécutait ou non. Cette responsabilité pesait lourdement sur les épaules de l'hyperphysicien. Il avait parfaite conscience des puissances qui se déchaînaient à l'intérieur d'un soleil et savait combien imprévisibles elles étaient, comment elles parvenaient à vaincre l'attraction du Soleil pour jaillir dans l'espace en geysers incandescents. C'est pour cela qu'il avait pour l'instant renoncé à s'approcher davantage.

— La température cinétique monte à un million de degrés, Monsieur, annonça le responsable de l'observatoire.

— Manifestement, expliqua Waringer, c'est ici que les ondes de choc émanant des granules atteignent la plus grande intensité. Suite à la diminution de la densité dans la couronne extérieure, elles sont reconverties en chaleur. Tant qu'elles ne se concentrent pas sur notre navire, nous ne courons aucun danger. Quelle est la température de la coque ?

— En moyenne vingt-huit degrés Celsius, Monsieur.

Geoffry sourit.

— Bien ! L'écran paratronique remplit parfaitement son office.

Il tourna la tête vers Accutron Mspoern qui avait quitté sa place. L'Accalaurie portait sa combinaison spéciale couverte d'ynkélonium et avait le casque fermé ; il respirait sur ses propres réserves d'anti-oxygène. Le casque n'était pas muni d'une visière : à ce jour, les techniciens n'avaient pas encore trouvé de procédé permettant d'obtenir de l'ynkélonium transparent. Accutron « voyait » son environnement grâce à un capteur réflex dont les images étaient reconstituées sur un petit écran holographique à l'intérieur de son casque. Le son passait par un télécom intégré, couplé à un translateur réglé sur une fréquence particulière.

— Nous devons descendre plus bas, Waringer, restitua le récepteur de l'hyperphysicien. De cette altitude, je ne peux pas détecter la présence du satellite.

Geoffry Abel Waringer scruta sur l'écran panoramique la surface de l'étoile, partiellement cachée par les arcs de quelques protubérances. D'inimaginables quantités d'énergie arrachaient la matière au champ gravitationnel, puis elle retournait à la fournaise en suivant les spires du champ magnétique. Les émissions de rayonnements les moins durs trouvaient leur source dans la chromosphère.

— Le mieux est de traverser au plus vite la chromosphère, réfléchit-il, puis de nous stabiliser dans les couches supérieures de la photosphère moins dense et moins chaude.

Il interrogea du regard le lieutenant-colonel Hamesener.

— Qu'en pensez-vous ?

Le visage de Gertsa Hamesener restait de marbre. Seules ses mâchoires serrées révélaient le degré de son agitation intérieure. Mais ce fut d'une voix atone qu'il répondit :

— Je ne vois rien qui s'y oppose, Monsieur. Les calculs de trajectoire correspondants ont été effectués. Nous pouvons commencer immédiatement la manœuvre.

Waringer déglutit. Dans un élan d'autocritique, il admit *in petto* qu'il avait escompté des objections, quelque signe d'appréhension ou tout au moins d'hésitation. Espoir déçu… Il se trouvait renvoyé face à ses propres doutes.

Il se ressaisit : s'il voulait que le *Sun Dragon* remplisse sa tâche, il devait aller de l'avant.

— Très bien, colonel, mais soyez prudent.

— À qui le dites-vous… murmura Hamesener en s'adossant à son fauteuil.

La résille T.R.E.S. brillait sur son crâne comme de l'argent poli. T.R.E.S. était l'acronyme de « Transmission Réflexe et Emotionnelle Simultanée », une création des émo-techniciens terraniens. Comme souvent avec les avancées scientifiques les plus pointues, le nom ne révélait pas grand-chose de la fonction, pour les profanes. Tous les astronautes ne possédaient pas les qualités requises pour contrôler un vaisseau via la technologie T.R.E.S. Seuls ceux dont le cerveau générait des courants bio-électriques particulièrement intenses étaient aptes à suivre la formation spéciale d'émo-astronaute. À l'Émo-Académie de Terrania, ils subissaient un dur entraînement mental, qui portait non seulement sur la maîtrise de leurs pensées, mais surtout sur la faculté de concentrer leurs sensations exclusivement sur l'identification avec un vaisseau spatial. C'était là le point crucial de l'apprentissage, car seules les impulsions bio-électriques liées aux sens étaient assez fortes pour être captées par la résille T.R.E.S., amplifiées, filtrées, et transmises à la vitesse de la lumière par l'interface positronique. Une identification incomplète du pilote avec son navire causait un blocage de ce circuit.

Des processus qui opéraient entre le cerveau de l'émo-astronaute et le mécanisme de la résille, rien n'était visible. Gertsa Hamesener ne fit pas un mouvement. Pourtant, les propulseurs à impulsions commencèrent à exercer une contre-poussée. L'allure du navire chuta en dessous de la vitesse de libération et il devint la proie de l'attraction gravitationnelle.

Le professeur Waringer pressa le dos de sa main sur ses lèvres quand il vit grossir la surface déchaînée de la mer de gaz brûlants. Il ouvrit la bouche, mais réprima à temps le cri qu'il allait lâcher. Pour peu, il aurait cédé à l'impression que donnait le *Sun Dragon* de tomber irrésistiblement dans le Soleil.

— Voilà qui est mieux, apprécia l'Accalaurie. Je retourne à mes appareils, Waringer.

L'instant d'après, il se retrouva à plat ventre sur le sol du central. Le navire frémit dans sa membrure. Geoffry se cramponna aux accoudoirs de son fauteuil-contour. Les yeux grands ouverts, il fixait les terribles décharges qui frappaient l'écran paratronique. Le *Dragon* devait avoir heurté une protubérance en plein développement.

Une voix s'éleva des haut-parleurs, dure et métallique :

— Attention ! Ici la positronique de navigation : fermez vos casques et attachez vos ceintures ! Nous accélérons en direction de la photosphère afin de traverser au plus vite la protubérance !

Waringer s'apprêtait à obtempérer quand un frisson lui glaça le dos. Accutron Mspoern ! Si un choc le projetait contre un objet à arêtes vives et que le manteau de Maverick de son spatiandre était endommagé… ! La double couche d'ynkélonium enveloppait une masse d'antimatière suffisante pour anéantir le *Sun Dragon* si elle entrait en contact avec de la koïnomatière.

Geoffry Abel Waringer bondit hors de son siège-contour, attrapa le corps convexe de l'Accalaurie dans ses bras et le traîna en haletant jusqu'à sa propre place, où il l'attacha prestement. Ensuite, il se retourna en respirant, soulagé, à la recherche d'un fauteuil libre.

La seconde suivante, il crut voir le plafond du central descendre à sa rencontre.

Son esprit s'enfonça dans l'obscurité de l'inconscience.

*
* *

Quand Geoffry revint à lui, ses perceptions étaient confuses. Son environnement lui semblait étranger et sinistre. Mais avant qu'il entreprenne quoi que ce soit, une voix rassurante parla près de son oreille.

— Ici l'ordinateur de votre caisson d'assistance médicale, patient Waringer. Tout va pour le mieux. Vos fonctions vitales sont satisfaisantes. Les séquelles de votre commotion cérébrale s'estompent. Avez-vous un quelconque souhait, Monsieur ?

L'hyperphysicien sourit. Dès les premiers mots, il avait compris où il se trouvait. Il avait déjà eu l'occasion de séjourner dans un C.A.M. Ce dispositif possédait beaucoup de points communs avec un caisson de sommeil de luxe. On y planait en apesanteur, sans pouvoir se blesser par des mouvements inconsidérés : des champs de contention adaptatifs y veillaient.

— Bien sûr que j'ai un souhait ! Non, d'ailleurs, c'est un ordre : je veux sortir d'ici immédiatement !

Waringer fut soudain entouré de taches de couleurs à l'effet psychédélique.

— Je suis navré, Monsieur, susurra la voix de l'ordinateur, qui lui paraissait venir de très loin, je ne peux recevoir aucun ordre des patients. À présent, vous allez dormir d'un sommeil réparateur et votre besoin d'action se défoulera dans des rêves magnifiques.

Sous la suggestion, le savant sentit une torpeur l'envelopper, comme une vague délicieusement tiède. Il n'avait qu'à se laisser emporter, à s'abandonner aux bras de Morphée… Par un effort de volonté, il se libéra de cette influence.

— Ordinateur ! s'écria-t-il. M'entends-tu ?

— Chuut ! souffla la machine. Vous devez dormir, patient Waringer.

— Au diable ton sommeil ! J'exige de parler au médecin-chef ! À l'instant !

— Je vais satisfaire cette demande, Monsieur.

Au même instant, les lumières colorées s'éteignirent, et l'effet hypnotique comme l'engourdissement disparurent. Une voix humaine remplaça celle de l'ordinateur de bio-surveillance.

— Ici le docteur Kirnfeld, Monsieur. Vous désirez me parler ? (Il rit doucement.) Je vois que l'ordinateur de votre C.A.M. s'est plaint du « patient Waringer ».

— Et moi, j'ai à me plaindre de lui ! rétorqua l'intéressé. Comme il m'en a informé, je n'ai subi qu'une légère commotion cérébrale. Cela ne peut pas m'empêcher de remplir mes fonctions. Je vous prie de me libérer *illico* !

— Mais, Professeur… vous devez savoir que je ne peux pas assumer la responsabilité de…

— Bien sûr que je le sais, Docteur ! coupa Waringer. *J'en* assume la responsabilité. Et maintenant, sapristi, allez-vous me laisser sortir ? Il est de la plus haute importance que je sois présent au central à la minute même, comprenez-le donc !

— Vous avez l'autorisation de quitter l'infirmerie, répondit Kirnfeld.

Geoffry sentit les champs de force l'amener en position assise alors que le caisson s'ouvrait devant lui. Deux médirobots humanoïdes l'habillèrent, le conduisirent à l'accueil, puis l'accompagnèrent au poste de commandement après que le docteur Kirnfeld eut personnellement signé le formulaire de sortie du patient.

Quand il y fit son entrée, le professeur Yussov bondit à sa rencontre et le dirigea vers un fauteuil-contour libre.

— Comment vous sentez-vous, Monsieur ? demanda-t-il avec sollicitude.

— Eh bien, pas précisément capable de déraciner un chêne… Mais mon activateur cellulaire me remettra d'aplomb. Les médecins négligent fréquemment ce « détail ».

— Voilà qui me réjouit, Monsieur. Pendant votre absence, Accutron Mspoern a fait une découverte importante : il affirme qu'à l'intérieur de la chromosphère se trouverait une « cavité » relevant de l'hyperphysique.

Geoffry Abel Waringer se leva d'un bond, et grimaça sous la douleur qui irradia dans son crâne. Mais il surmonta son malaise et réussit à sourire en voyant la mine soucieuse de l'astrophysicien.

— Je dois immédiatement parler à l'Accalaurie ! Une cavité hyperphysique dans la chromosphère ! De prime abord, je ne vois pas de quoi il peut s'agir, mais c'est au moins un premier indice convaincant de l'existence de notre fameux satellite tueur.

Il refusa d'un geste de la main le soutien de Yussov et se rendit seul jusqu'à la logette où avaient été installés les instruments, préalablement ynkéloniés, de l'être antimatériel. Celui-ci et le lobbyhuvos étaient plongés dans une discussion tout en observant sur leurs moniteurs de curieux diagrammes et d'autres indicateurs.

Waringer régla le télécom de son spatiandre sur la fréquence *ad hoc* et lança :

— J'entends que vous auriez réussi, Accutron Mspoern.

L'Accalaurie se retourna. Il avait un air un peu fantomatique avec son casque sans hublot. Pourtant, Geoffry savait que l'Accalaurie pouvait le voir distinctement sur son écran holovidéo, aussi bien qu'à travers un casque transparent.

— Je vous remercie, répondit la voix synthétique du translateur de Mspoern. Sans votre aide, la situation aurait pu tourner à la catastrophe. J'espère que vous allez mieux.

— Tout va bien, confirma le savant. Mais allons au fait : que voulez-vous dire par « cavité hyperphysique », Mspoern ?

— Ce n'est pas simple à expliquer, Waringer. Peut-être pouvons-nous le formuler de cette manière : dans les couches à la frontière entre la chromo- et la photosphère, il se trouve un domaine sphérique de grande dimension qui est complètement imperméable aux influences énergétiques du Soleil. Cette « bulle » tourne à vitesse élevée et constante autour de la zone de convection de l'étoile, sans être perturbée par les plus puissantes éruptions de gaz. Je dirais même que pour ces nuages de gaz, elle n'a aucune existence.

— Je crois que j'ai saisi le concept, Accutron Mspoern. Il s'agit probablement d'une zone isolée, dont les propriétés relèvent d'un sous-espace mais qui est néanmoins en relation avec notre continuum.

Il réfléchit durant de longues minutes tout en observant les masses de gaz brûlantes qui tourbillonnaient autour du *Sun Dragon*. L'écran paratronique flamboyait en permanence de ces éclairs en zigzag typiques de la déviation de l'énergie quadridimensionnelle vers l'hyperespace.

Waringer réalisait clairement que le navire n'était pas en danger dans la photosphère, mais qu'il n'en irait pas de même dans les couches plus turbulentes, plus denses et plus chaudes de la chromosphère. Pourtant, ils devraient remonter s'ils voulaient se rapprocher de la « vacuole hyperphysique ».

— S'il vous plaît, pria-t-il Mspoern, prenez vos données sur la trajectoire de cette zone particulière et accompagnez-moi chez Hamesener.

L'Accalaurie adressa un signe à son lobbyhuvos et précéda Waringer, sans faire mine de se munir d'aucun document.

— Vous oubliez quelque chose, Mspoern ! lui rappela le savant.

— C'est déjà réglé, Waringer, le rassura Accutron. Lobbyhuvos a sauvegardé les données et les a transmises par le réseau. Je ne dispose pas de cartes ou de cristaux compatibles avec vos systèmes de lecture.

Waringer se mordilla la lèvre inférieure. Il avait oublié la nature antimatérielle d'Accutron et de ses équipements.

— C'est juste, excusez-moi…

Ils traversèrent le central pour rejoindre le lieutenant-colonel Hamesener. Ce dernier ôta la résille T.R.E.S. quand Waringer se manifesta, et enclencha le pilotage automatique.

— Grand merci pour cette interruption, Monsieur, déclara-t-il avec un sourire crispé. Quand on est « là-dessous », on oublie trop facilement que le cerveau humain a ses limites.

Il essuya la sueur qui perlait à son front. Son regard s'éclaircit et se focalisa sur l'« ici et maintenant ».

— Quoi de neuf, Docteur ?

Waringer l'informa de la découverte réalisée par Accutron Mspoern et lui demanda de programmer la navigation avec les données que venait de transmettre le lobbyhuvos.

Hamesener arbora une mine dubitative :

— Ça va se compliquer. Je constate que nous n'avons plus beaucoup de temps. (Il indiqua la jauge du combustible nucléaire.) Nous avons déjà consommé quarante-sept pour cent de notre deutérium supercatalysé. Pour supporter la charge permanente, le bouclier paratronique avale des ressources énormes. Voyons le fichier expédié par le lobbyhuvos.

Le *Sun Dragon* menaçait de devenir le jouet des éléments. Durant plusieurs secondes, il fut pris dans une tempête magnétique dont l'intensité atteignait par moments les vingt mille gauss. L'écran paratronique se déforma en un ellipsoïde avant de reprendre sa configuration normale, sans cesser de dévier les flux d'énergie incidents vers l'hyperespace en fissurant la trame de l'espace-temps.

Tous les hommes d'équipage avaient bouclé harnais et casques. Lord Zi-Èvuss ne faisait pas exception, même si c'est avec réticence qu'il s'était enfermé dans son spatiandre. Le Néandertalien était nerveux. Son instinct le mettait en garde contre le danger.

Le centralcom avait plusieurs fois tenté d'entrer en liaison hypercom avec la barge *Dino-69*, mais toute la puissance des émetteurs n'avait pas suffi. Le rayonnement quintidimensionnel du soleil masquait leurs impulsions trop faibles.

— Attention ! annonça soudain l'Accalaurie. La

cavité hyperphysique se trouve à peine à trente mille kilomètres devant nous, sur une orbite plus basse de cent kilomètres. Elle se situe précisément dans la couche supérieure de la photosphère.

— Transmettez-moi les dernières corrections, demanda Hamesener.

Geoffry Abel Waringer ne suivait pas ces échanges d'informations. Un autre problème occupait ses pensées. Le *Sun Dragon* avait déjà consommé la moitié de son combustible nucléaire. Sans aucun doute, l'énigmatique satellite tueur avait-il aussi besoin de colossales quantités d'énergie pour tenir plus de deux cent mille ans sur une orbite à l'intérieur de la photosphère. Il pouvait difficilement avoir emporté dès le départ les ressources nécessaires. On pouvait en déduire qu'il les puisait directement dans l'étoile. Peut-être avait-il aussi circulé sur une orbite plus haute – jusqu'à ce que, deux ans plus tôt, les impulsions émises depuis la fosse des Tonga le mettent en action.

En action !

Waringer frissonna à l'idée de ce que signifiait cette « action » : le début de la fin pour l'humanité solaire. Il sursauta en entendant dans son récepteur les cris que poussaient l'Accalaurie et le lobbyhuvos. Le lieutenant-colonel Hamesener ferma son casque et prononça, d'une voix à la fois inquiète et triomphante :

— Hypercavité droit devant !

Geoffry Abel Waringer sentit une étrange excitation s'emparer de lui.

Enfin ! Nous voilà à portée de l'énigme !

Il fit pivoter son siège et examina la multitude de moniteurs qui lui retransmettaient directement tous les résultats de la détection et des diverses stations de mesure.

L'impression de victoire céda rapidement la place à une froideur toute scientifique. Les analyses indiquaient qu'il se trouvait devant eux un espace où ne pénétrait pas la matière solaire, pas même un proton ou un électron. À mesure que le *Dragon* s'en approchait, cette zone se dessinait de plus en plus nettement sur l'arrière-plan de la photosphère. Quelques centaines de kilomètres plus bas, c'était le bouillonnement des cellules de convection. Waringer étrécit les paupières quand l'image montra un jet de plasma qui s'élevait. La protubérance allait transpercer l'hypervacuole…

Il retint sa respiration. La colonne de gaz ionisé atteignit la limite de la singularité… et sembla disparaître, comme avalée, pour resurgir exactement à l'opposé, comme issue du néant !

Jamais encore l'hyperphysicien n'avait été témoin d'un tel phénomène.

— Un écran protecteur d'une nature particulière, murmura Hamesener. En toute logique, on devrait le détecter, mais aucune de nos analyses ne confirme son existence effective…

L'Accalaurie se manifesta. Il parla d'une « instabilité positionnelle à causalité existentielle inversée au sein des flux énergétiques quadridimensionnels ». Tels étaient les termes qu'utilisait cette créature supérieurement intelligente pour tenter de se faire comprendre des savants d'une espèce radicalement étrangère. Pourtant, le phénomène ne pouvait s'appréhender parfaitement ni avec les notions des Accalauries, ni avec celles des humains. C'était quelque chose de totalement inédit.

— Franchissez cet écran ! ordonna Waringer au commandant.

— Mais si… commença à protester Gertsa Hamesener.

L'hyperphysicien n'avait cependant pas l'intention de se laisser contredire.

— Peu importent les risques ! Le satellite tueur n'est pas visible de l'extérieur, donc nous allons voir de l'autre côté de la barrière. En avant !

Le lieutenant-colonel n'émit aucune autre objection. Il savait lui aussi qu'ils devaient impérativement découvrir l'engin. Les propulseurs du vaisseau rugirent. Il accélérait à pleine puissance afin de pénétrer en force l'écran protecteur. Le *Sun Dragon* bondit.

Et se retrouva soudain à l'intérieur de l'hypercavité.

— Bon sang ! Il n'y a pas eu la moindre résistance ! s'exclama Hamesener. Mais où sommes-nous ? Je ne vois plus le Soleil. Aurions-nous été projetés dans l'hyperespace ?

Au fil des siècles, Waringer avait acquis une grande maîtrise de soi et une capacité de décision tranchante. Il saisit le micro et déclara d'une voix qui n'appelait aucune contestation :

— Attention ! Ici le Premier Sénateur Scientifique Waringer. Je prends jusqu'à nouvel ordre le commandement du *Sun Dragon*. Que tout le monde reste à son poste. Nous ne nous trouvons pas dans l'hyperespace mais à l'intérieur de la vacuole hyperphysique, dans une zone de calme totalement isolée des influences énergétiques du Soleil. Je souligne le mot « totalement », qui inclut la lumière. C'est pourquoi nous ne voyons rien.

Ses mots furent diffusés sur l'intercom général à travers tout le navire et évitèrent probablement un début de panique, car de nombreux membres de l'équipage avaient l'impression que le *Sun Dragon* avait été envoyé dans le néant.

— Attention, batterie transformatrice, poursuivit-il. Soyez prêts à ouvrir le feu sur tout objet qui se présenterait, ceci sur mon ordre exclusivement ! Terminé.

Le lieutenant-colonel Gertsa Hamesener s'était entre-temps ressaisi. Il se sentait un peu gêné d'avoir perdu sa maîtrise de soi.

Waringer s'approcha de lui et posa une main sur son épaule.

— Ne le prenez pas trop au tragique, colonel, rassura-t-il le pilote avec un sourire d'encouragement. Votre réaction devant l'inconcevable était tout ce qu'il y a de plus naturel. Je dirais même que je m'attendais à quelque chose de tel lorsque nous avons soudain débouché dans la zone de calme. Puisque vous avez à présent surmonté votre surprise, je vous redonne le commandement du *Sun Dragon*.

— Euh, merci… bredouilla Hamesener, merci beaucoup, Monsieur.

Geoffry lui adressa encore un petit signe de tête, pus il retourna s'asseoir.

Lord Zi-Èvuss vint le rejoindre.

— Que veux-tu ? l'interrogea-t-il, vaguement irrité car il avait pour l'heure autre chose à faire que de bavarder avec le Néandertalien.

— Pas se fâcher sur Lord Zi-Èvuss, le pria ce dernier, qui percevait intuitivement l'humeur de Waringer. Lord Zi-Èvuss vient pour dire qu'un danger menace. Un grand danger. Lord Zi-Èvuss sait.

— Tu le sais, ou tu le sens ? s'inquiéta l'hyperphysicien.

— Lord Zi-Èvuss sent, donc il sait, reformula-t-il.

Le préhominien en lui identifiait la menace grâce à

son puissant instinct, aussi sûrement qu'un homme contemporain grâce à son intellect.

— Je comprends, répondit Geoffry. Mais maintenant, tu dois retourner à ta place et t'attacher, justement à cause de ce danger.

Les yeux de Zi-Èvuss brillèrent d'un éclat suspect, comme s'il se rebiffait en son for intérieur contre l'ordre de Waringer. Mais il acquiesça en hochant la tête et trotta pour aller se rasseoir.

L'hyperphysicien respira. C'est alors que les sirènes d'alarme mugirent à travers tout le vaisseau.

— Alerte ! retentit la voix de la positronique de détection. Objet inconnu, matériel et stable, distance deux cent cinquante kilomètres sur trajectoire actuelle.

Waringer se pencha sur les écrans.

Il vit… une immense silhouette, deux cônes accolés par un mince fuseau central.

— Le satellite tueur… murmura-t-il.

CHAPITRE V

Sur la barge *Dino-69*, le calendrier de bord marquait le 19 novembre 3432. Vingt-trois heures plus tôt, le *Sun Dragon* s'était enfoncé dans la couronne du Soleil et avait ainsi disparu des moniteurs de la détection. Le centralcom ne pouvait pas davantage le joindre par hyperondes.

Perry Rhodan et Atlan se trouvaient devant l'écran qui regroupait les informations transmises en permanence par les détecteurs de masse et les radars.

— Les indications de l'Accalaurie se confirment, déclara l'un des scientifiques alors que s'affichait phrase par phrase une interprétation textuelle :

« Suite à des perturbations du cycle du carbone, d'origine inconnue, les couches externes du Soleil, qui sont normalement instables, tendent à se stabiliser.

« Conséquences :

« Un : la vitesse de convection diminue.

« Deux : la quantité d'énergie transférée depuis le cœur du Soleil diminue.

« Il s'ensuit une augmentation de la densité énergétique et de la pression interne qui accélèrent les processus de fusion dans le noyau. Dès que la pression interne atteindra le point critique, c'est-à-dire lorsqu'elle dépassera les forces de gravitation, le Soleil deviendra une nova en quelques heures.

Perry Rhodan se pencha en avant et pressa la touche d'émission.

— Pouvez-vous calculer la date d'explosion de la nova ? demanda-t-il d'une voix sombre.

— Malheureusement non, Monsieur. Pour cela, nous devrions savoir quel est exactement le diamètre de la zone où s'opèrent les réactions, quelle pression s'y exerce en temps ordinaire et dans les conditions actuelles. Les mesures de nos détecteurs, même sur base quintidimensionnelle, ne sont fiables que jusqu'à la chromosphère. Ce que nous avons acquis jusqu'à maintenant repose sur des analyses comparatives et l'observation du spectre.

— Merci, répondit le Stellarque.

Il se retourna et scruta les yeux d'Atlan, comme s'il espérait y lire le reflet de leur futur. L'Arkonide haussa les épaules. Rhodan soupira.

Il alla se poster devant le moniteur principal qui montrait l'océan de feu du Soleil, à six millions de kilomètres. Là-bas, depuis des heures, de puissantes décharges d'énergie s'engouffraient dans l'hyperespace, invisibles à l'œil humain mais mesurées avec précision par les instruments. Perry s'était demandé si l'écran paratronique du *Sun Dragon* en était la cause. À cette question, il avait répondu par l'affirmative, car ces phénomènes se déplaçaient à la surface de l'étoile à la même vitesse qu'un vaisseau sur une trajectoire orbitale.

Que peut-il bien se passer là-bas ? Quels dangers y guettent le Dragon *et son équipage ? Vont-ils trouver le satellite tueur ? Et ensuite... ?*

Le Stellarque s'assit. Son visage se durcit. Ses pensées se portaient vers les hommes à bord du vaisseau spécial d'exploration…

*
* *

Jusqu'alors, le satellite s'était comporté de manière passive et silencieuse. On avait entre-temps établi ses dimensions : sa longueur atteignait deux mille mètres, le diamètre des extrémités mille, pour cinq cents mètres dans la section médiane.

Les deux parties coniques étaient arrondies, ce qui conférait à l'engin une certaine similitude avec un antique sablier.

— Nous détectons des impulsions modulées, Monsieur ! annonça par intercom le responsable des communications. Elles semblent émaner de… de ce truc, là dehors.

Waringer avait dressé l'oreille.

— Relayez les diagrammes sur ma console ! ordonna-t-il.

Un groupe de courbes périodiques s'afficha sur son écran. Elles lui semblèrent aussitôt familières. Il rappela des mémoires positroniques quelques fichiers de données. Après une rapide comparaison, il comprit.

Ces ondes présentaient la même fréquence que les mystérieuses impulsions qui avaient été envoyées deux ans auparavant par les générateurs hyper-puissants de la fosse des Tonga.

Cela suffisait.

Waringer saisit le micro.

— Attention ! Batterie transformatrice ! Pointez sur l'objet étranger.

— Verrouillé, Monsieur ! répondit calmement le chef canonnier.

— Chargez à quatre mille gigatonnes !

— Paré !

— Tir continu sur la cible ! Feu à volonté !

Le *Sun Dragon* fut ébranlé par une forte vibration. La première gigabombe venait d'être expédiée sur le satellite. Le processus se répéta à intervalles brefs et réguliers.

Comme hypnotisé, le professeur Waringer contemplait fixement l'image du satellite. Maintenant, l'énergie contenue dans la première bombe devait se libérer là-bas… !

Il ferma les yeux quand un éclair lumineux flamboya dans la partie supérieure de l'écran, puis faiblit. Il fut remplacé par un autre, puis un autre encore. On eût dit que quelqu'un allumait et éteignait alternativement un projecteur.

Déçu, désespéré, Geoffry Abel Waringer baissa la tête. Il savait qu'il observait les phénomènes visibles liés à des « retours de flammes » hyperdimensionnels des projectiles qui explosaient à l'extérieur de l'écran protecteur.

Le satellite flottait, toujours intact, devant le *Sun Dragon*.

— Ici la coupole de tir. Nous ne pouvons pas atteindre l'objectif. J'ai ordonné de cesser le feu. (Il soupira.) Que faisons-nous, à présent, Monsieur ?

— Nous réfléchissons, rétorqua Waringer, résigné. À un moyen de détruire ce satellite. Il doit en exister un.

— Pourquoi ne pas passer à l'abordage ? suggéra le lieutenant-colonel Hamesener.

Geoffry secoua la tête.

— C'est prématuré. Je craindrais de tomber dans un piège et…

Il se retourna en entendant un grondement dans la direction où était assis Lord Zi-Èvuss. Il sentit un frisson lui glacer la nuque. Le Néandertalien était en train d'arracher sa combinaison spatiale. Il grognait furieusement, comme un possédé, comme un animal.

Waringer déboucla sa ceinture et franchit l'espace qui les séparait. Un reste d'instinct le fit stopper à trois pas.

— Mais mon ami, le réprimanda-t-il, tu dois garder ta belle combinaison. Bientôt, tu pourras l'enlever.

Lord Zi-Èvuss s'arrêta et le regarda en roulant des yeux. Comme s'il souffrait de maux de tête, il passa plusieurs fois le dos de sa main sur son front fuyant et ses arcades sourcilières saillantes.

— Mauvais danger ! s'écria-t-il. Fait la tête complètement stupide !

Il frappa plusieurs fois du poing sur le sommet de son crâne, frappa comme s'il n'allait plus jamais cesser. De la salive lui coulait aux commissures des lèvres.

— Mauvais, mauvais, mauvais !

Soudain ne sortirent plus de sa gorge que des grognements et des sifflements sans signification. Le Néandertalien arracha définitivement sa tenue, bondit de son fauteuil-contour et s'empara de la massue qui se trouvait en dessous. Quand il se redressa, il ne restait plus rien d'humain dans ses yeux.

— Lord Zi-Èvuss ! cria Waringer.

L'autre agita son gourdin et, la bave dégoulinant de son menton, s'avança sur le savant. Waringer dégaina son paralysateur et recula. Il hésitait à utiliser l'arme. Le soudain changement dans l'attitude du préhominien lui donnait la clef de l'énigme.

Du coin de l'œil, il vit se lever de son siège le premier navigateur, un géant roux à la silhouette trapue. Il s'appelait Fran Chabel et se classait parmi les meilleurs catcheurs amateurs du Système Solaire.

Chabel était en outre un homme très intelligent, mais sa conduite actuelle n'en montrait rien. D'une démarche pesante, il s'approcha du Néandertalien, se campa fermement sur ses jambes, et le menaça du poing en criant :

— Viens ici que je te mette une raclée, espèce de monstre, gorille en conserve !

Il hurla de rire, comme s'il n'était plus maître de sa raison.

Lord Zi-Èvuss fit face à son nouvel adversaire. Il leva les bras et poussa un mugissement assourdissant. Puis il se jeta en avant d'un bond prodigieux et assena au navigateur un coup de massue sur l'occiput. Il y eut un vilain craquement. Fran Chabel vacilla et tomba en arrière.

— Hourra ! acclamèrent quelques hommes.

Ils voulurent faire un triomphe au vainqueur, mais ce dernier estourbit tous ceux qui venaient à lui. En vain Geoffry tenta-t-il de rétablir le calme.

— Au secours ! cria alors le lieutenant-colonel Hamesener. Waringer, ma tête !

L'officier chancelait. Il tomba dans les bras du savant et se mit à sangloter. D'autres personnes se mirent elles aussi à appeler à l'aide ou à divaguer. Certaines se contentaient de rester assises devant leur pupitre, les yeux vitreux. L'hyperphysicien s'efforçait de comprendre ce qui se passait, mais il avait de plus en plus de mal à aligner ses pensées et à se concentrer.

— Un rayonnement… balbutia une voix inarticulée dans les haut-parleurs. Nous avons mesuré un rayonnement inconnu. Oui, nous l'avons mesuré…

Waringer arracha de son siège le commandant inconscient, et coiffa son écouteur.

— Ici… commença-t-il.

Il s'efforçait de se rappeler son nom.

Chaque personne n'a-t-elle pas un nom ?

— Une sorte… d'émo-… rayo… nnement… tralala, ânonna encore l'homme de la détection. Puis il se mit à chanter.

— Bien ! Bien, bien, bien ! s'exclama Waringer, sans trop savoir pourquoi.

Il s'humecta les lèvres avec la langue et ricana. Il admirait les splendides motifs lumineux qui défilaient sur les moniteurs.

*
**

Accutron Mspoern observait avec confusion l'équipage, les officiers et les savants du *Sun Dragon* qui se muaient sous ses yeux en une bande de demi-fous.

Soudain, Lord Zi-Èvuss se dressa devant lui. Il agitait sa massue, menaçant.

Le lobbyhuvos poussa un cri strident. Le Néandertalien prit peur et resta immobile quelques secondes. Cela suffit au robot pour attraper le radiant-choc d'un Terranien et paralyser l'homme primitif de deux décharges.

— Mais que leur arrive-t-il ? demanda Mspoern à son compagnon. Regarde donc Waringer ! Cet homme si intelligent se comporte comme une machine courtcircuitée.

— Allô, Waringer ! appelait précisément celui-ci. Pourquoi le professeur Waringer ne répond-t-il pas ?

Perplexe, l'Accalaurie fixait l'image de Geoffry sur l'holovidéo de son capteur réflex.

— Et si la curieuse conduite de ces gens avait un rapport avec ce rayonnement… ? supputa le lobbyhuvos. Regarde, Maître ! Une émission de nature inconnue inonde le navire. Elle pénètre apparemment sans difficulté l'écran SH et le bouclier paratronique. Peut-être abaisse-t-elle le niveau d'intelligence des humains ?

— Et pourquoi ne ressentons-nous rien ? Bien sûr, toi, tu ne peux rien remarquer puisque tu n'es pas vraiment intelligent, mais moi…

— Tu es très présomptueux. Moi, pas intelligent ! ricana le robot dans un bruit de ferraille. Je suis le lobbyhuvos le plus intelligent à bord de ce radeau d'idiots !

— Manifestement, ce rayonnement attaque aussi les cerveaux positroniques, murmura Mspoern.

Il ne parlait pas sérieusement, mais ses propres mots résonnèrent dans son esprit et provoquèrent une association d'idées.

— Mais oui, la voilà, la solution, Lobbyhuvos ! Nous n'avons qu'à contacter le cerveau positronique central et à lui faire prendre le contrôle du vaisseau pour l'éloigner du Soleil.

Il dut soudain éviter une bouteille lancée dans sa direction. Elle s'écrasa sur le pupitre de contrôle recouvert d'ynkélonium. Le lobbyhuvos étourdit l'homme qui l'avait expédiée.

— J'espère que personne n'essaiera avec des objets plus durs…

Mspoern se remit péniblement de son effroi. Si un éclat de verre avait entaillé son mince manteau de Maverick, c'en eût été fait d'eux tous.

Il alla secouer doucement Geoffry par l'épaule.

Le professeur contempla le casque opaque de l'être antimatériel et bougea les lèvres sans rien dire.

— M'entendez-vous, Waringer ? demanda Accutron avec insistance.

— Entendez... ? répéta l'interpellé en penchant la tête de côté, comme un aveugle qui veut se mettre à l'unisson d'une ambiance sonore. Qui a éteint la lumière ? Mon cerveau est une cave poussiéreuse. Araignées, rats et souris...

Il se redressa dans son siège et examina la tenue couleur rubis de l'Accalaurie.

— Maman... ?

Mspoern était au bord du désespoir. Il voyait bien que ni le scientifique ni personne ne pourrait l'aider. Le point positif : leur agressivité s'était éteinte. Il devait établir le contact avec la positronique centrale. Il bascula plusieurs circuits de communication sur son translateur, et la voix sans âme du cerveau P se manifesta enfin.

— Ici positronique centrale.

— Je suis Accutron Mspoern, expliqua-t-il. Mon lobbyhuvos et moi sommes les seuls êtres sur ce vaisseau à pouvoir encore penser normalement. L'équipage succombe à un rayonnement abêtissant. Tu dois immédiatement prendre le contrôle du *Sun Dragon* et l'écarter d'ici !

L'ordinateur bourdonna, puis expliqua d'une voix unie :

— Accutron Mspoern : vous n'êtes pas autorisé à donner des instructions. Je ne peux accepter aucun ordre de vous. La confirmation d'une personne autorisée est requise.

— Mais nul à bord n'est plus capable d'agir avec raison ! L'équipage tombe en léthargie. Tu dois conduire le *Dragon* dans l'espace libre !

— Je n'ai aucun motif pour exécuter cet ordre.

Sans ordre d'une personne autorisée, je ne peux intervenir qu'en cas de danger extrême. Le cas ne se présente pas.

Le lobbyhuvos lui aussi tenta d'argumenter. Possédant lui-même un cerveau de type positronique, il lui était plus facile de s'adapter à la mentalité d'un de ses pairs. Il dut cependant vite reconnaître l'inutilité de ses efforts.

Tout à coup, le navire vibra. Quelqu'un, dans la coupole du canon transformateur, avait probablement appuyé par erreur sur la commande de tir. Mais les gigabombes ne causaient toujours aucun dommage au satellite.

En revanche, l'adversaire porta une nouvelle attaque. Le champ qui isolait l'hypervacuole s'entrouvrit. Les gigantesques décharges qui faisaient rage dans la photosphère vinrent déferler contre l'écran paratronique. Une sphère de gaz incandescents enveloppa le *Dragon*, fut comprimée par des forces inimaginables et explosa comme une nova en miniature. Heureusement, le gaz se détendit si vite que les réactions cessèrent quasi immédiatement. Pourtant, le bouclier paratronique avait commencé à vaciller. Là où il cédait, c'était l'écran SH qui subissait les impacts des terribles vagues d'énergie.

Ce que n'avait pas réussi Accutron Mspoern, la riposte de l'ennemi le réalisa : le cerveau-P déclencha l'alerte-catastrophe. Le *Sun Dragon* esquiva les assauts suivants et tenta de se dégager de la cavité hyperphysique. Mais il n'y parvint pas. Peut-être le satellite avait-il accompagné la manœuvre. Accutron et Lobbyhuvos purent observer une nouvelle éruption dans la zone de convection. Des geysers de matière en fusion furent éjectés et vinrent exploser, tels les projectiles de radiants transformateurs surpuissants, devant l'écran paratronique. Celui-ci déchira une fois de plus la trame du continuum quadridimensionnel lorsqu'il les dévia dans l'hyperespace.

Une lutte de titans se jouait – mais le perdant était connu d'avance.

*
* *

Geoffry Abel Waringer avait une affreuse migraine. Il pressa en gémissant les poings contre ses tempes. Il sentait une vibration sourde sur sa poitrine. Haletant, il tâta sa combinaison spatiale, l'ouvrit et serra entre ses doigts un objet arrondi de la taille d'un œuf.

Graduellement, la douleur reflua. Les alentours reprirent des contours distincts, et les bruits un sens.

Danger ! signala son subconscient.

L'hyperphysicien fixait la galerie panoramique. Des orages d'énergie semblaient fouetter une immense baie vitrée. L'écran SH flamboyait d'une lueur vert émeraude. Parfois, on distinguait au travers de ce kaléidoscope une curieuse silhouette…

… *Satellite tueur !*

Un casque blindé rouge rubis, dépourvu de hublot, surgit dans le champ visuel du savant.

— Waringer !

Le mot retentit dans le télécom de son casque, et se fraya un chemin jusqu'à sa conscience.

— Waringer !

Enfin, un déclic se fit.

— Oui, je suis Waringer, énonça-t-il péniblement. Et toi ? Qui es-tu ?

— Accutron Mspoern, l'Accalaurie.

— Enchanté… répondit l'hyperphysicien d'une voix pâteuse.

Soudain, l'expression vague dans ses yeux disparut. Il tourna la tête et regarda alentour. Des hommes gisaient, inconscients, sur le plancher du poste central. D'autres étaient assis dans leur siège ou à terre, balbutiant pour eux-mêmes ou fixant simplement les parois.

— Accutron Mspoern… murmura Geoffry. Que s'est-il passé ? Ai-je été… dans le même état qu'eux ?

— Un rayonnement abêtissant, expliqua l'être d'antimatière. Mais c'est terminé, à présent.

— Terminé…

Le savant faillit succomber de nouveau à l'obscurité de l'abrutissement qui l'attirait à lui, mais il s'y soustrayit définitivement. Il porta la main à son activateur cellulaire, volontairement cette fois, en sentit le battement et se détendit en souriant.

— Il m'a aidé…

Toute la vivacité de Waringer lui revint. Il laissa Accutron l'informer à mots rapides de ce qu'il n'avait pas vécu en pleine conscience. Mais avant que l'Accalaurie en ait fini, il leva le bras.

— Cela suffit. L'Humanité te doit une reconnaissance éternelle, mon ami. Mais revenons au présent. À ce que je vois, l'écran paratronique ne tiendra plus longtemps. Par moments, il lâche déjà.

Il activa la liaison avec le cerveau principal.

— Ici le professeur Waringer. Réponds !

— Ici positronique centrale. Waringer : identifié comme personne autorisée à donner des ordres. Quelles sont vos instructions, Monsieur ?

— Tu vois, pas plus difficile que ça ! commenta

Geoffry en se tournant à demi vers Mspoern, puis il reprit son sérieux et s'adressa à l'ordinateur.

— L'équipage est incapacité. Je t'ordonne donc de prendre seul le commandement et d'amener le *Sun Dragon* dans l'espace libre interplanétaire. Prends toutes les mesures nécessaires. Exécution. Vite !

À la seconde même où le cerveau accusait réception, les propulseurs hurlèrent. Le navire s'éloigna du satellite, effectua un virage brutal et imprévisible, et traversa enfin la barrière de protection intangible de la cavité hyperphysique. Partout autour de lui se déchaînaient des forces infernales. Les protubérances les plus gigantesques qu'on eût jamais observées de mémoire de Terrien s'étirèrent à la poursuite du vaisseau, des tempêtes magnétiques essayèrent de le retenir, des rayonnements durs bombardaient l'écran paratronique.

Dans cette situation critique, la nef d'exploration stellaire fit la preuve que sa force résidait dans ses moyens défensifs. Certes, elle était ballottée en tous sens, son bouclier paratronique fluctuait et se déformait, et son écran SH encaissait des surcharges, mais peu à peu, le *Dragon* gagna de l'altitude et échappa à ce chaudron bouillonnant.

L'intelligence de l'équipage se réveilla graduellement. Le lieutenant-colonel Gertsa Hamesener se manifesta le premier. Il jeta autour de lui des regards étonnés. Il ne possédait plus aucun souvenir de ce qui s'était passé entre le déploiement de l'émo-rayonnement et son « réveil intellectuel ».

— Patientez jusqu'à ce que tous les hommes aient recouvré leurs esprits, répondit Waringer quand le commandant l'interrogea. Je ne voudrais pas raconter trois cents fois la même histoire.

Entre-temps, les médirobots mobilisés par le cerveau central s'occupaient d'un blessé : Fran Chabel, victime d'une fracture du crâne, fut conduit à l'infirmerie. D'autres hommes avaient des côtes cassées et des contusions, mais globalement, l'équipage s'en tirait à bon compte.

Geoffry Abel Waringer respira lorsque le vaisseau laissa derrière lui les derniers nuages de gaz et s'avança dans l'espace libre. Il n'y voyait pas encore très clair, mais l'obscurité sur le moniteur principal avait quelque chose de rassurant.

L'hyperphysicien sourit quand la voix de Perry Rhodan retentit dans les haut-parleurs de l'hypercom.

— Ici le Stellarque ! J'appelle le *Sun Dragon*. Nous vous avons sur les détecteurs. Répondez !

Il appuya sur la touche d'émission.

— Ici Waringer. S'il te plaît, Perry, envoie une trajectoire d'appontage à la positronique de navigation. L'équipage est encore indisponible.

Après quelques instants, la liaison vidéo s'éclaircit. L'image tremblotante du visage de Rhodan s'inscrivit sur l'écran.

— Données transmises, Geoffry. Que s'est-il passé ? Nous avons enregistré des décharges terribles. Avez-vous subi des pertes ?

— Aucune ! (Waringer vit son beau-père lâcher un soupir de soulagement.) Et nous avons découvert le satellite tueur.

Rhodan se pencha en avant. Ses yeux brillaient.

— Ah !

L'hyperphysicien fut par avance désolé de la déception qu'il allait causer.

— Il a été plus fort que nous. Insensible aux canons transformateurs, et le vaisseau a été bombardé par une sorte de… rayonnement émotionnel. Sans l'aide de Mspoern, c'en eût probablement été fait de nous…

« Le *Dragon* est à la verticale de votre plate-forme, Perry, annonça Waringer au bout d'un moment. Tu peux envoyer les rayons tracteurs.

CHAPITRE VI

Après les rapports détaillés de Geoffry Abel Waringer et d'Accutron Mspoern, un silence inquiet régnait dans la salle de conférences de l'Administration Solaire.

Perry Rhodan fut le premier à se remettre du choc que les informations sur le satellite tueur et ses systèmes de défense avaient causé à tous les participants.

Il se leva.

— Messieurs, n'oublions pas que l'action du *Sun Dragon* est un grand succès, même si nous n'avons pas réussi à détruire le satellite. Car le seul fait d'avoir localisé l'hypervacuole où il se cache constitue un succès, je suppose que personne n'en doute.

— C'est exact, approuva Atlan, et nous devons avant tout remercier pour cela notre ami Accutron Mspoern.

— C'est ce que je vais faire immédiatement, poursuivit le Stellarque en se tournant vers l'Accalaurie, assis à côté de Waringer, dans sa tenue spéciale rouge rubis. Accutron Mspoern, vous avez toute notre gratitude : non seulement vous avez sauvé l'équipage du *Sun Dragon*, mais grâce à vos moyens techniques, vous nous avez permis de déterminer la position du satellite tueur. Si nous triomphons de cette menace issue du passé – et je suis convaincu que ce sera le cas –, les vingt-cinq milliards d'habitants du Système Solaire vous devront la vie.

« Je m'engage solennellement ici à mettre en œuvre toutes nos ressources pour détecter au plus vite un vaisseau porteur de votre peuple et le contacter afin que vous puissiez regagner votre patrie.

L'Accalaurie leva les bras.

— Je vous remercie pour cette offre, Rhodan, restitua le translateur. Toutefois, en ces instants, vous devriez appliquer toutes vos forces au sauvetage de votre propre peuple. Lobbyhuvos et moi, nous pouvons attendre.

Le Stellarque inclina la tête en un salut qui exprimait son profond respect et sa sympathie. Lui, Perry Rhodan, pouvait imaginer mieux que beaucoup ce que cela signifiait de devoir mener une existence isolée dans un univers étranger, loin de la Terre et de l'Humanité.

D'ailleurs, les Accalauries et les humains sont-ils si différents ? Au sens physique, peut-être, et à plus d'un titre. Mais au sens intellectuel, non. Quelqu'un qui pense et agit comme Accutron Mspoern, celui-là est pour un homme comme un frère. Les humains et les Accalauries ont tant à apprendre les uns des autres ! Le contact entre nos deux peuples apporterait une nouvelle Renaissance !

Les mots d'Atlan arrachèrent le Stellarque à ses méditations et le ramenèrent aux douloureuses réalités du moment.

— Nous devons élaborer un plan d'évacuation pour l'humanité solaire, disait l'Arkonide, les yeux brillants, accompagnant son propos de gestes éloquents. Pourquoi ne pas chercher des planètes colonisables dans le Petit Nuage de Magellan ? Nous y serions à l'abri pour fonder une nouvelle civilisation, et réapparaître un jour, plus forts que jamais, sur la scène galactique ! Il faut…

Perry Rhodan ne comprenait que trop bien son ami, mais il n'envisageait pas de battre en retraite. Il craignait que les autres puissances de la Voie Lactée ne s'abattent comme des hyènes sur les émigrants démunis pour s'approprier leurs maigres biens, voire les réduire en esclavage. Car pour subsister sans moyens techniques sophistiqués, avec les seuls produits de l'environnement naturel, les vingt-cinq milliards de Terraniens devraient se disperser sur au moins mille planètes. Autant de proies sans défense pour ceux qui avaient toujours envié à l'Humanité sa réussite.

— Non ! interrompit-il le discours d'Atlan. Non, mon ami ! Nous n'évacuerons pas le Système Solaire !

L'Arkonide le regarda en silence pendant quelques secondes, puis il insista, sur un ton compatissant :

— Tu dois faire *quelque chose*, Perry ! Si tu ne veux pas évacuer le Système, il faut détruire le satellite. Or c'est impossible. La décision est-elle si difficile à prendre ?

Soudain, Rhodan sourit, de ce vieux sourire que connaissaient bien les immortels parmi l'assistance.

— J'ai déjà pris ma décision, Atlan, affirma-t-il d'un ton résolu. Si nous ne pouvons pas détruire cet engin de mort, il ne nous reste qu'à empêcher son installation !

— Comment veux-tu… ? commença l'ex-amiral d'Arkonis.

Puis il écarquilla les yeux et déglutit convulsivement.

Il se domina rapidement.

— Je vois, énonça-t-il d'une voix monocorde. Tu veux accélérer la construction d'un déformateur-annulateur temporel et… Mon Dieu ! Deux cent mille ans… !

De nouveau, le silence se répandit dans la salle. Tous les participants connaissaient ce que l'on appelait « déformateur-annulateur temporel », un dispositif qui transportait des objets, vivants ou inertes, au sein du flux temporel stable. Très récemment, une tentative avait été couronnée de succès, du moins quant à la possibilité de réussir le trajet aller-retour. Depuis ce jour, on avait entrepris d'édifier, sur la base des plans et dossiers reçus des Lapalistes de Copernic, un appareil plus efficace. Toutefois, l'idée d'un déplacement à plus de deux cent mille ans dans le passé faisait l'effet d'un véritable cauchemar.

— Ne soyez pas effrayés par le chiffre, les exhorta Rhodan. Pour la machine, deux cents ans, deux mille ou deux cent mille, cela n'a pas d'importance. Et j'ai la ferme intention d'élucider les raisons des événements qui se sont déroulés dans ce lointain passé de notre Terre !

Il se tut quand une ordonnance vint lui chuchoter quelques mots à l'oreille. En réponse, il hocha affirmativement la tête. L'homme quitta la salle, pour reparaître quelques instants plus tard et annoncer :

— Sa Majesté Anson Argyris, Empereur d'Olympe !

Tous les regards se braquèrent sur la porte par laquelle l'impressionnant patriarche des Libres-Marchands faisait son entrée d'un pas assuré. Il s'avança directement vers le Stellarque, inclina légèrement la tête et s'enquit :

— Puis-je parler en toute sécurité dans cette pièce, Monsieur ?

— Vous pouvez, certes, fit Rhodan, interloqué.

Il ne voyait pas quel était le but de cette visite du robot Vario-500 sous le masque d'Argyris. Quant à sa question sur la sécurité…

— Je vous remercie, Monsieur, répondit l'empereur de sa voix profonde.

Il caressa sa barbe noire et toussota :

— Vous vous demandez pourquoi je suis ici, ce qui est en effet exceptionnel. Je viens d'être informé de la mission du *Sun Dragon* et je suis aussi au courant de la menace issue du passé. D'où ma proposition : puisque vous n'êtes pas en mesure de détruire le satellite tueur dans le présent, hâtez l'achèvement du déformateur-annulateur temporel. Vous pourrez ainsi vous rendre dans le passé et y empêcher la construction de cet engin.

Il remarqua alors les sourires et les gloussements à peine réprimés que ses paroles avaient suscités chez les assistants.

— Mais… Qu'est-ce que… ? s'indigna-t-il en bafouillant.

Perry Rhodan lui posa une main sur le bras.

— Personne ne se moque de vous, Empereur Argyris. Je vous explique : il y a à peine une minute, j'ai avancé la même proposition que celle que vous nous exposez.

Anson eut un mouvement de surprise, puis il éclata d'un rire homérique :

— Ça alors ! C'est vraiment trop fort !

— Je dirais, conclut Atlan avec un sourire optimiste, qu'il s'agit là d'un heureux présage !

FIN

Deux expéditions au sein du Soleil ont permis de progresser de quelques pas dans la connaissance de la menace à retardement qui pèse sur le Système Fantôme, mais à chaque fois, les équipages n'ont échappé que de justesse à la catastrophe. Faisant fi de la situation plus que précaire qui est la sienne dans un univers pour lui étranger et dangereux, Accutron Mspoern a apporté aux Terraniens une assistance décisive. Hélas, il suffira d'un rien pour que son destin bascule et que sonne l'heure de L'ADIEU AUX ACCALAURIES...

ANNEXE : RÉSUMÉ DES SIX CYCLES PRÉCÉDENTS

CYCLE 1 : LA TROISIÈME FORCE (1971-1984) *Volumes français 1 à 21*

Lors de leur alunissage avec la fusée *Astrée*, Perry Rhodan et Reginald Bull, officiers de l'U.S. Space Force, rencontrent des humanoïdes émissaires du Grand Empire d'Arkonis (dans l'amas M 13 de la constellation d'Hercule). Thora et Krest, en quête d'une mystérieuse Planète de Jouvence, ont fait naufrage sur notre satellite. Entré en possession de la super-technologie arkonide, Rhodan impose à la Terre une paix planétaire durable avec l'appui de mutants doués de facultés parapsychologiques.

Après avoir repoussé des envahisseurs extraterrestres, il se lance vers les étoiles. Il aide les autochtones du système de Véga à repousser les belliqueux Topsides. Remontant une longue chaîne d'indices, Rhodan et ses compagnons d'aventure – dont Krest et Thora – trouvent ensuite Délos, la planète errante, domaine de l'Immortel. Celui-ci accorde la douche cellulaire prolongatrice de vie à Perry Rhodan et d'autres Terriens mais la refuse aux Arkonides, qui selon lui appartiennent au passé. Au cours de cette Quête Cosmique, un être étonnant s'allie aux humains : le mulot-castor L'Émir.

De retour sur Terre, Perry Rhodan doit se défendre contre le Surmutant Stafford Monterny. Puis des Marchands Galactiques, les Francs-Passeurs, attaquent le Système Solaire afin d'étouffer toute concurrence potentielle. Sous la pression des forces extraterrestres coalisées, Rhodan se voit contraint de faire croire, par un coup de bluff gigantesque, à la destruction pure et simple de la Terre.

CYCLE 2 : ATLAN ET ARKONIS (2040-2045)
Volumes français 22 à 43

Profitant de la tranquillité ainsi obtenue, Perry Rhodan instaure l'Empire Solaire dont il tient les rênes sous le titre de Stellarque de Sol et dont les ressortissants prennent le nom générique de Terraniens. En 2040 apparaît Atlan, le Solitaire des Siècles, qui a passé la majeure partie des dix mille dernières années dans une base-refuge sous-marine. Arkonide comme Krest et Thora, Atlan jouit de la vie éternelle grâce à un activateur cellulaire transmis par l'Immortel de Délos. Au bout de duels très serrés, Rhodan et lui décident de s'accorder à jamais un soutien mutuel indéfectible. Par son rapport détaillé sur un lointain passé, Atlan fournit un éclairage insoupçonné sur tout un ensemble d'événements et d'interactions d'ampleur cosmique.

À la confrontation avec le Grand Coordinateur positronique qui règne sur l'Empire arkonide décadent s'ajoutent bientôt les attaques des Droufs qui, surgis d'un autre univers, tentent une invasion du continuum einsteinien. De plus, Perry Rhodan entre en conflit avec Thomas Cardif, le fils né de son union avec Thora l'Arkonide.

Reprogrammé en 2044, le Régent d'Arkonis reconnaît Atlan comme nouvel Empereur sous le titre de

Gnozal VIII. Les Droufs, peu après vaincus par les Arkonides, les Francs-Passeurs et les Terraniens coalisés, sont renvoyés à leur univers d'origine.

Alors que Thomas Cardif trahit la Terre au profit des Marchands Galactiques, Perry Rhodan perd son épouse, Thora, puis son fidèle ami Krest.

CYCLE 3 : LES BIOPOSIS (2102-2114)
Volumes français 44 à 65

En 2102, à bord d'une frégate dotée d'un tout nouveau propulseur linéaire, Perry Rhodan échoue dans le Système Bleu, enclos par un écran énergétique et domaine des orgueilleux Akonides, lointains ancêtres des Arkonides. Alors qu'éclatent de terribles antagonismes entre Akonides et Terraniens, d'innombrables mondes de la Voie Lactée sont contaminés par une drogue pernicieuse. Les Antis, prêtres fanatiques nantis de facultés anti-psi, manipulent Thomas Cardif qui usurpe incognito la place de son père avant d'être détruit par une ruse diabolique de l'Immortel de Délos. Perry Rhodan entre alors en possession d'un activateur cellulaire.

Le danger constitué par le Régent positronique d'Arkonis est définitivement écarté lorsqu'Atlan et quelques Terraniens, grâce à un saut temporel vers le passé, le mettent pour de bon hors d'état de nuire.

En 2112, en plein espace intergalactique, la race humaine plonge dans un conflit opposant les invisibles Laurins à un peuple de robots, les Bioposis. Un an plus tard, Perry Rhodan découvre le Monde-aux-Cent-Soleils, patrie de ces créatures mi-machines, mi-organiques, résout l'énigme posée par leur existence et les appuie pour vaincre les Laurins. Il fonde alors l'Alliance

Galactique dont il devient le Grand Administrateur sous le titre inchangé de Stellarque de Sol.

CYCLE 4 : LE DEUXIÈME EMPIRE (2326-2329)
Volumes français 66 à 87

En deux cents ans de calme relatif, les Terraniens ont assis leur nouvelle position parmi les divers peuples galactiques. Perry Rhodan perd nombre de ses amis et proches collaborateurs qui ne reçoivent pas à temps l'un des vingt-cinq activateurs cellulaires éparpillés par l'Immortel à travers la Voie Lactée peu avant la disparition – voire l'anéantissement – de la planète Délos.

2326 voit surgir une nouvelle menace pour les explorateurs de la Galaxie : les monstrueux annélicères. Sur la trace de ces énormes créatures, les hommes rencontrent les ressortissants d'un Deuxième Empire galactique, les Bleus qui occupent l'Est de la Voie Lactée, à l'opposé de Sol. Ces êtres au farouche désir d'expansion possèdent des vaisseaux quasi indestructibles grâce à leurs blindages de molkex. En 2328, des savants humains découvrent le moyen de détruire le molkex et cet atout met un terme définitif au conflit.

Durant cette période, de plus en plus de colonies terraniennes ont entrepris de lutter pour leur indépendance. Ainsi Plophos dont le dictateur, Iratio Hondro, fait enlever Perry Rhodan et quelques-uns de ses proches. Le Stellarque et ses compagnons ne sont sauvés qu'au bout d'une errance de près d'un an au voisinage du Centre galactique. Destitué, Hondro meurt après avoir attribué son activateur cellulaire à Mory Abro, qui devient la seconde épouse de Rhodan.

CYCLE 5 : ANDROMÈDE ET LES MAÎTRES INSULAIRES (2400-2406)

Volumes français 88 à 137

En 2400, à bord de sa nef amirale, le *Krest II*, et en compagnie du Halutien Icho Tolot, Perry Rhodan surgit au centre d'un réseau de transmetteurs de matière reliant le centre de la Voie Lactée à la Nébuleuse d'Andromède. À côté des pièges machiavéliques qui les attendent dans l'abîme intergalactique, les Terraniens se heurtent à de nouveaux adversaires, les Maahks (ou Méthaniens), dont une forteresse spatiale attaque bientôt la station régulatrice du transmetteur du cœur de notre Galaxie. Grâce à plusieurs opérations d'infiltration, l'invasion de la Voie Lactée organisée par les Maahks est évitée de justesse.

Dès 2402, les Terraniens parviennent à pénétrer davantage à l'intérieur d'Andromède en s'appuyant sur des têtes de pont établies dans les micronébuleuses voisines, Andro-Alpha et Androbéta. Ceux qui détiennent l'hégémonie sur Andromède apparaissent comme une poignée d'êtres auréolés de mystère, les Maîtres Insulaires. Tous les moyens leur sont propices pour neutraliser les Terraniens, y compris les manipulations temporelles. Le nouveau vaisseau-amiral de Rhodan, le *Krest III*, est ainsi projeté à plus de cinquante mille ans dans le passé : sur la Terre, l'Impérium de Lémuria se défend alors désespérément contre les belliqueux Halutiens. Effectuant le même plongeon mais perdant tout espoir de retour, la barge spatiale *Dino-III* et son équipage rendent possible le sauvetage du *Krest III* qui regagne enfin le temps présent.

Les tyrans d'Andromède focalisent leurs actions suivantes sur la Voie Lactée et contre l'Empire Solaire.

En 2405, suite au pacte de paix conclu entre Terraniens et Maahks puis à la destruction de la route des transmetteurs reliant Andromède et la Galaxie, les Maîtres Insulaires sont éliminés les uns après les autres. C'est Atlan qui, au final, remporte le duel décisif contre Faktor I, le Maître suprême – une femme habitée par une volonté de puissance hors du commun et qui avait au préalable réussi à le séduire.

Février 2406 marque le début d'une accalmie de vingt-neuf ans au cours de laquelle Perry Rhodan et ses collaborateurs mettent tout en œuvre pour que l'Empire Solaire se relève des difficultés qu'il vient de traverser.

CYCLE 6 :
M 87 OU LES CONSTRUCTEURS DU CENTRE
(à partir de 2435)
Volumes français 138 à 187

Année 2435 : leur incursion involontaire dans le passé, au cours des péripéties précédentes, a attiré sur les Terraniens l'attention des Gardiens Fréquentiels ou Bi-Conditionnés, des policiers temporels dotés d'astronefs semi-organiques, les Dolans. Inflexibles et refusant toute argumentation, ils attaquent l'Empire Solaire… Avec son vaisseau amiral, un ultracroiseur de 2 500 mètres de diamètre, Perry Rhodan subit l'effet d'une de leurs armes et est déporté à 32 millions d'années-lumière de la Voie Lactée, à l'intérieur de la galaxie géante M 87 que gouvernent les énigmatiques Constructeurs du Centre.

M 87 se révèle être la patrie des Bestians, ancêtres communs des Halutiens et des Bi-Conditionnés : créés par manipulations génétiques pour être les soldats de cette galaxie, ces êtres monstrueux et indomptables se sont révoltés il y a plus de 60 000 ans… Seuls quelques-uns d'entre eux ont réussi à fuir la contre-offensive des Constructeurs du Centre, certains atteignant la Voie Lactée – où ils ont donné naissance aux Halutiens – et d'autres s'installant dans les Nuages de Magellan – les Ulebs, ancêtres des Bi-Conditionnés. Développant une véritable paranoïa à l'idée que les Constructeurs pourraient tenter de les éradiquer en agissant sur le passé, ils ont développé tous les moyens imaginables pour faire échec à toute expérimentation temporelle et éliminer tous ceux qui oseraient de telles pratiques.

C'est dans ces deux petites galaxies naines que les Terraniens, en 2437, doivent porter leurs efforts pour mettre un terme à la menace. Mais la nouvelle vague d'assaut massif des Bi-Conditionnés contre la Terre, malgré les armes que celle-ci a héritées des anciens Lémuriens, n'est repoussée que grâce à l'intervention lourde des Halutiens. Pire encore : une flotte des Constructeurs du Centre et de leurs mercenaires surgit soudain dans la Voie Lactée et pose un ultimatum à l'humanité. Catégorique, Perry Rhodan refuse envers et contre tout de céder les coordonnées de la planète Haluta et doit frapper sans merci pour renverser définitivement la situation devenue critique. Une fois les souverains de M 87 repartis pour leur galaxie-patrie, l'Empire Solaire et la Terre n'ont plus qu'à panser leurs blessures…

VOUS CONNAISSEZ DÉJÀ ATLAN,
LE SOLITAIRE DES SIÈCLES

Amiral d'Arkonis
Gnozal VIII, souverain du Grand Empire
Lord-Amiral de l'Organisation des Mondes Unis
et ami indéfectible de Perry Rhodan, Stellarque de Sol...

DÉCOUVREZ ATLAN,
LE PRINCE DE CRISTAL

Dans ses années d'adolescence, 8 000 ans avant notre ère,
au cœur d'un fabuleux empire galactique
en proie à la tyrannie et à la guerre,
tout au long d'un passionnant itinéraire d'aventures
et d'initiation à de mystérieuses sciences de l'esprit...

« TRAQUE SUR GORTAVOR »
« LE PRINCE DE CRISTAL »
« LES PIÈGES DE KRAUMONN »
« LE MONDE DES MILLE TORTURES »
« LA BARRIÈRE COSMIQUE »
« LE BIO-PARASITE »

LES SIX PREMIERS VOLUMES
DE NOTRE COLLECTION « ATLAN »

DISPONIBLES CHEZ VOTRE LIBRAIRE

En attendant les 2 autres nouveautés de 2004 :

« LA ROUTE DES CRATÈRES »
« LE CHAOS ET L'INCRÉÉ »

Achevé d'imprimer sur les presses de

BUSSIÈRE

GROUPE CPI

à Saint-Amand-Montrond (Cher)
en août 2004

FLEUVE NOIR
12, avenue d'Italie
75627 Paris Cedex 13
Tél. : 01-44-16-05-00

— N° d'imp. : 43805. —
Dépôt légal : août 2004.

Imprimé en France